灶雞仔

台語短篇小說集

陳正雄　著

目錄

推薦序

陳正雄——台南ê萬事通先生

陳明仁（台語文學家）

英國ê作家William Somerset Maugham，俗稱Mom，漢字寫做毛姆，有一篇出名ê小說叫做《Mr. Know All》，翻譯作「萬事通先生」。講tī遊輪kap 一个人睏kāng房，眞煩。無論講siáⁿ，i lóng是專家。人leh討論眞珠，i比一个少婦講i ām-kún hit條絕對是貴som som ê眞珠，少婦ê翁婿是軍官，kap i相輸100 khơ 美金，萬事通先生koh chim-chiok觀察hit條phoa̍h鍊，看少婦ê面色各樣，當場認輸，hō͘ 人一百 khơ。半暝有人ùi房間門kha tu 一 ê phoe-lông入--來，té 一百 khơ 美金。萬事通先生講，in翁去做兵，i少年bó͘ 孤單守空房，加減有人交往，送i高貴ê眞珠phoa̍h鍊，騙in翁講是假的養珠，mā正常。

作者kā這位萬事通先生ùi負面轉做正面書寫ê工夫，hō͘ 人o-ló。

陳正雄是台南一中退休ê公民老師，有機會創作台語文學，先寫詩，尾後小說，眞有成績。正雄眞興讀冊，台灣ê人文歷史讀眞透。照我所知，許丙丁《小封神》所寫ê地頭、廟寺tī toh位，i lóng會sái作導覽。葉石濤ê小說kap作品地點，i上了解，王育德、王育霖ê關係事、地，完全清楚。我bat

聽過i專題演講，免看資料，kā兩兄弟ê事件、年代、日子介紹明瞭，便若有團體參訪，i ê導chhōa，連文學、歷史、藝文lóng介紹，講是台南ê萬事通，完全tú好niâ。

正雄先生ê小說，差不多現場lóng tī台南，主題mā是校園kap台南草地所在ê人士，人物ê描寫，mā會ná像毛姆這樣，kā社會風評無眞正面ê老芋仔，各樣gín-á，倒尾塑造到hō͘人感動。我想起日本作家淺田次郎得獎ê短篇小說集《鐵道員》，純文學眞gâu寫，這時改寫社會冷派小說系列，kā烏槍建道、軍曹等人物寫到眞心適、古chui！正雄兄無hit款社會經歷，mā有才調創作這款身份kap行做無kāng層次ê書寫。

前幾年，阮tī台南林森路正雄ê厝--nih有辦文學讀冊會，hit間厝tī鐵支路邊，siuⁿ吵，i無toà hia，我tī台南就睏hit ê所在。台南文兄俊州、定邦、裕凱、李林波等會參加，有時建成、芸明、柏榮mā會來，討論文學書寫ê各種層面，對作家來講，應該是有行氣chiah tio̍h！正雄愛參加文學獎，教育部、台南市、高雄市辦--ê，若有機會，lóng會參加。這本小說集，lóng是得獎作品，有時m̄是it著獎金名聲，i想beh愛台南成立王育德紀念館，chhōe機會beh請求市長，若得頭名，會tàng公開發言，爲án-ni，i得頭賞，市長soah無來，koh拚後屆，chiah有賴清德出席，有機會成立王育德紀念館。黃昭堂紀念館，i mā tàu爭取。

我上愛聽i講有關台南歷史人物ê情物，像湯德章等等。有文學家寫著台南ê所在，i lóng會報我知，地點是這時toh一條街巷幾號。眞正ê萬事通先生。我樂意推荐這本小說集！

灶雞仔

「灶雞仔」是我讀國民小學ê同窗ê兼好朋友，雖然畢業了後，因爲種種ê原因，阮就眞少見面矣，毋過，我猶是定定會聽著伊ê消息，想起伊ê代誌。

灶雞仔，當然毋是伊ê本名，其實伊ê老爸有共伊號一个誠體面ê名，叫做「李興華」。對遮，咱會當看出當初時伊ê老爸對伊，應該是有眞大ê寄望。

到底伊後來那會號做灶雞仔？是啥人代先叫ê？我嘛毋知影，可能佮伊ê外表有關係。伊人生做細漢細漢、瘖巴瘖巴；面肉黃酸黃酸、頭毛又閣紅芽紅芽，看起來，就是一款營養不良ê模樣。

毋過，伊逐工元氣十足、精神百倍，行路總是沿路趒沿路跳，親像草蜢仔仝款。特別是，伊有夠愛呼噓仔，不管去到佗位，做啥代誌，差不多攏會聽著伊ê呼噓仔聲，毋但勢呼、又閣好聽。無看-過，實在眞oh去想像，伊彼个細細个仔ê喙，那會當變出遐爾濟款無仝ê音樂出-來？彼種聲音，準講已經過去三、四十冬矣，到今，我猶是無法度放袂記。無定著，灶雞仔ê外號，就是因爲按呢來ê嘛有可能。

佇一般人看來，特別是學校先生佮同窗ê心目中，灶雞仔百面是一个標準ê「歹學生」。

伊差不多逐工攏遲到、上課定定咧tuh-ku、三不五時偷逃學、作業毋捌準時交、成績永遠上尾名；猶有，無鉸指甲、無tsah手巾仔衛生紙、無洗身軀無換衫褲……會使講，所有「歹學生」ê條件，伊攏佔齊全。毋才講，有影是揣無人欲佮伊做伙。老師看伊無目地，同學嘛排斥伊，干焦我這个，人講ê「好學生」，顛倒佮伊較有緣。

我感覺，伊準講有誠濟問題，毋過，伊袂去kâng騙、袂去kâng偷；毋捌去欺負人、毋捌去傷害人，準講穤，嘛穤伊家己爾。

尤其是有一擺，班裡ê惡霸，彼个大箍仔「棺材邦」公開搶我ê物件，我較軟汫又閣無膽，毋敢佮伊輸贏。其他ê同學，有ê激恬恬、有ê準無看，無人敢喝聲、無人敢插手。

「物件還人啦！」逐家攏毋敢出面ê時，灶雞仔hiông-hiông徛出來講話。

「幹！外省豬仔！你講啥潲？」棺材邦看著灶雞仔竟然敢對伊嗆聲，感覺眞意外、口氣誠歹聽，行到面頭前，出手共灶雞仔sak一下倒siàng-hiànn。

「我幹恁娘！」聽著棺材邦先用話糟蹋，閣出手共拍，灶雞仔誶一聲，規个人對棺材邦ê腹肚心拼過去，棺材邦無張持，一箍人tìng-lap坐佇塗跤。

「你該死矣！」棺材邦氣phut-phut，即時peh起來，紲手提一條椅頭仔對灶雞仔ê身軀頂hám落去。

灶雞仔人細漢，跤手猛掠，一閃身，顛倒來到棺材邦ê

尻川後，跳上伊ê尻脊骿，兩支手像鐵箍共伊ê頷頸束牢咧。

棺材邦人大箍、身軀大欉，翻手想欲共灶雞仔giú-落，又閣giú袂落；出力想欲共灶雞仔hiù開，嘛是hiù袂開。不管伊按怎大聲叫、出力，灶雞仔就親像一隻土狗仝款，絚絚咬佇彼隻山豬ê頷頸，無欲放。

「幹什麼！」正當棺材邦開始面肉浮青筋、目珠吊白仁，眾人攏驚kah毋知欲按怎ê時陣，老師hiông-hiông從入來，大力喝一聲，趕緊共個兩个giú乎開。

個兩人先予老師焉去辦公室。聽講，一个人先損十个尻川顆，紲落來，上課ê時，閣hông罰去跪佇教室頭前，講台ê兩爿。

棺材邦跪佇倒手爿，伊ê人大欉又閣粗勇，規个面臭konn-konn、懊tū-tū，看起來足毋甘願ê樣；灶雞仔跪咧正手爿，伊生做細漢又閣薄板，一箍人無意無意、無神無神，應該是感覺無聊ê款；老師徛佇台仔頂氣phut-phut，一下仔斡頭看個兩个，一下仔斡頭看阮逐家，一直罵、一直念……

看著這款情形，我無張持想起早前捌佇廟裡，看過ê城隍爺佮邊仔ê七爺、八爺，雖罔個ê身材、體格無相仝，毋過彼款氣氛、心情差不多。

放學了後，我佮灶雞仔做伙轉去。伊正爿喙顆小可凝血、兩支手骨幾跡烏青，毋知是去予棺材邦拍著，抑是去予老師損ê？伊今仔日先佮同學相拍閣予老師體罰，毋過，看起來若像無啥要緊，規路照常跳伊跤步、呼伊噓仔，閣招我禮拜佮伊去掠蟋蟀仔。

就按呢，阮兩人變做上好ê朋友。我分伊衛生紙、教伊寫作業，請伊食sì-siù；下課ê時，做伙迌迌；放學以後，鬥陣轉去；連歇假，嘛相招四界去lōng-liú-lian。

彼擺事件了後，班裡，包含棺材邦在內所有ê同學，就無人閣敢欺負我矣，嘛無人敢佇灶雞仔ê面頭前講伊ê歹話。毋過，當個私底下咧鄙相伊「外省豬仔」ê時，我喙裡雖罔毋敢爲伊出聲、替伊講話，心內猶是感覺眞艱苦、誠毋甘。

無毋著，伊是「外省囡仔」，講閣較正確ê，應該是「芋仔番薯」。

伊ê老爸「老-李--ê」，是對中國過來，陸軍士官長退伍ê老芋仔；伊ê老母「毋-捌--ê」，聽講是唯山內陡底番仔寮，出外四界流浪ê番婆仔。

士官長人生做矮矮肥肥仔，福相福相，誠好笑神。伊佇菜市仔ê巷仔尾稅厝開一khám店，早起時賣豆奶、饅頭、包仔佮燒餅，中晝歇睏，暗頭仔又閣開始賣外省仔麵，實在是有夠拍拼。

佇彼个物資猶誠欠缺、生活普遍散赤ê六十年代，一般ê家庭三頓若有白米飯通食就愛偷笑矣，若講久久仔會當換一下仔無仝ê口味，有影是袂穤。尤其是外省人ê食物，稀罕閣好食。

士官長毋但煎ê燒餅好食，tshik ê麵閣較讚。憑良心講，我大漢以後，南北二路四界行踏，毋敢講食遍天下ê出名料理，上無嘛試過袂少ê各地口味，食來食去，猶是伊ê手路菜上在範。彼種湯頭佮滋味，就算經過遐爾濟冬，仝款是無法度放袂記。

士官長規年透冬，不管透早抑是暗時；無論寒天抑是熱人，差不多逐工攏穿一領草綠色ê內底衫仔，烏鼠色ê短褲tsáng仔佮彼雙烏sô-sô軍用ê布鞋。伊ê正手爿刺一句「反共抗俄」，倒手爿刻四字「殺朱拔毛」，褪腹裼ê時，胸坎前正中央，規面青天白日滿地紅ê國旗閣看現現。

看伊家己一个人不時舞kah滿身重汗，無閒tshih-tshann，毋捌看過伊歹過聲嗽、發過性地，不時攏是歡頭喜面、喙笑目笑。聽講，生理做煞，轉去了後，伊閣愛包辦厝內面大大細細ê工課。

所以，論眞講起來，老-李--ê會使講是一个庄仔內公認ê好人。是講，伊人好bóng好，干焦有一項欠點，就是啉酒。

大部分攏是年節仔，抑是別个咱外人毋知影ê原因，伊才會啉酒。上驚--人ê就是酒啉了後，伊規个人完全反形、變相，親像電視台連續劇內底，彼个本底是斯文幼秀ê白面書生，啉著符仔水了後，煞現出原形，變做青面獠牙ê妖魔鬼怪仝款。

「消滅萬惡共匪！解救大陸同胞……我操你媽個屄！我宰了你全家……蔣總統萬歲！中華民國萬歲……」一開始，伊先喝口號、啐幹譙；閣紲落去，就開始摔物件、起跤動手、烏白拍人矣。

每一擺，見若看著灶雞仔規頭面喙破目腫、一身軀烏青瘀血，毋免想就知影，士官長昨暝又閣起酒痟矣，又閣共伊當做「萬惡共匪」咧「殺朱拔毛」矣。

「毋-捌--ê」眞正是無人捌--伊。無人知影伊ê名姓，無人知影伊ê身世，嘛無人聽過伊講過任何ê代誌，袂輸是無張持對天頂跋落來，抑是唯土底濆出來ê仝款，連庄仔內彼箍無論啥物死人骨頭，攏有法度去挖出來ê「管-區--ê」用盡全力、費盡苦心，都揣無伊過去ê影跡，查無伊確實ê來歷。

「伊生做烏銑又閣矮頓、粗勇，骨格佮面路仔看起來攏無親像咱平地人，應該是蹛佇鄉裡北爿山內番仔寮ê人。」以前捌聽過阮老爸按呢講。

橫直，毋知是啥物時陣ê某一工，伊hiông-hiông對彼个咱無人知ê世界傱出來，佇阮庄裡ê街仔路趖來趖去。伊規个人畫烏漆白，規身軀癩-ko-爛-lô，腹肚枵，四界抾物件食；人若忝，沁采揣所在睏。問伊話，毋知聽有無？干焦目珠掠人金金看，無欲應你嘛無欲tshap--人，干那是你我失落ê佗一條魂。

是講，伊除了逐工四界趖、拋拋走以外，袂烏白去亂使來，所以一般正經ê大人，知影伊ê情形，有ê人同情伊，三不五時分一寡物件、衫褲予伊以外，嘛慢慢仔慣勢伊ê存在，袂去揣伊ê麻煩。

毋-捌--ê日時四界行、烏白趖，暝時家己蹛佇鐵枝路邊一間破厝仔。毋知tang時開始，hiông-hiông有人看著老-李--ê會佇毋-捌--ê厝裡出入。聽講，伊是提一寡包仔、饅頭去予食。閣過無偌久，有人閣發覺，毋-捌--ê腹肚沓沓仔大粒起來矣。紲落去，某一工，有人無張持聽著厝內底有紅嬰仔咧哭ê聲，灶雞仔就按呢出世矣。

灶雞仔ê出現，佇庄裡引起袂小ê風波。眾人十喙九尻川，連一寡無影無跡ê代誌，嘛講kah袂輸有跤有手仝款。

聽阮阿母講，大多數ê人猶是替個感覺誠歡喜，二个人總算有人通做伴，有人送食物、有人送衫褲，伊嘛買一付腰子去共做月內。

毋過，過無偌久，毋-捌--ê又閣逐工透早無閒到暗，去外口咧出巡矣。士官長嘛照常喙仔笑微微，逐日透早到暗無閒，佇店裡做生理，灶雞仔後來到底是按怎大漢ê，無人共注意，嘛無啥人知影。

會記得升去來五年ê彼冬，換一个外地來ê新ê少年查某導師，看灶雞仔誠袂順眼，不時會揣伊ê麻煩。有一工，又閣佇課堂裡咧罵伊飯桶、貧憚、無衛生、無人教示……

罵猶未煞，hiong-hiông一欉烏銑粗勇ê人影從-入--來，一手扭頭鬃、一手搧嘴顊，二下手就共阮彼个美麗幼秀ê老師摔佇塗跤兜。原來是毋-捌--ê！

毋-捌--ê喙裡又閣大聲訔、大聲嚷。老師哀爸叫母喝救命，同學驚kah四界宓無路。彼擺了後，規ê學校，毋管學生抑是老師，無人敢閣當面欺負灶雞仔、講伊ê歹話矣。

國小畢業，毋任何參詳ê機會，阮老爸就堅持共我送去讀私立學校。

「工字永遠袂出頭，田字跤手伸無路，猶是讀冊才是頭路、才有前途。」就親像阿爸定定咧講ê，一世人做工、種田ê伊，當然無希望伊ê後生佮伊仝款，永遠過彼款「日來曝尻脊，雨來趁無食」，逐工咧看天食飯ê艱苦生活。

伊ê心情，就算是猶閣少歲ê我，嘛會當完全了解。所以，嘛無任何ê意見，我勇敢面對現實ê挑戰，行入去鄉裡彼間以損囡仔佮升學率同齊出名ê私立中學，開始過著烏天暗地、無暝無日ê生活。

一開始，灶雞仔猶會來阮兜，幾擺以後，看著我ê模樣，伊嘛知影，阮少年時代快樂ê日子，已經結束矣。後來，伊就真罕得閣出現，我嘛無時間去揣伊。

灶雞仔佮大多數ê同學仝款，去國中報到，毋過讀無偌久，就聽講伊休學矣，我知影，這也是伊痛苦ê學生生活ê終點。

國中二年ê下學期，發生一个重大ê代誌，「老-蔣--ê」khiau去矣。

彼段時間，電視規日透早到暗，攏是咧報伊ê新聞；學校嘛逐工不時，叫阮愛背先總統 蔣公遺囑、唱先總統 蔣公紀念歌；上譀古ê是，閣規定全校ê同學攏愛佇制服頂頭車一塊烏布。因爲這件代誌，阮老爸逐工見若看著，就開始啐幹譙，害阮兄弟姊妹彼段時間，攏毋敢佇伊ê面頭前穿制服。

是講這一切，攏嘛是政府ê規定佮學校ê要求，咱做百姓佮學生ê，干焦會當乖乖仔配合，聽話。事實上對我來講，老-蔣--ê是一个講khài眞熟似，又閣足生份ê人名，伊khiau去，我心內實在是無啥物感覺。

毋過，對別人就無仝矣！士官長老-李--ê，灶雞仔ê老爸，開始無分過年過節、初一十五，逐工啉酒，愈啉愈捷、愈啉愈濟。是講，伊啉醉了後，無閣親像以早按呢喝口號、啐幹譙，嘛袂閣起跤動手，烏白拍人，干焦倒佇塗跤踅踅念、吘吘吼，毋知是咧念啥貨？吼啥代？逐擺都攏哀kah目屎滴、鼻水噴、喙涎流。

伊ê早頓佮暗頓嘛無去咧賣，過一暫仔，店就收收khài矣！有一工，伊酒醉倒落去了後，就無閣再起來矣。

仝彼个時陣，灶雞仔開始「轉大人」，本底黃酸細隻ê伊，變kah高長大漢。過無偌久，灶雞仔嘛離開查畝營，毋知佗位去。

後來，我去台南讀高中、去台北讀大學、去高雄做兵、閣轉去台北教冊。阮ê距離愈來愈遠，見面ê機會嘛愈來愈少，佇彼个無閒ê空縫，干焦會當離離落落聽著伊一寡消息：去工廠做烏手ê、佮人衝突、參加幫派；佇笅間做保鑣、佮人相拍；做兵逃兵、入獄、出獄；佮人相刣、入獄、出獄……

雖罔伊加入幫派、變做鱸鰻，毋過，攏是佇外地佮人咧車拚、佇別位佮人來輸贏。毋捌聽伊去偷提過庄內任何一項物件，抑是傷害過村裡任何一个庄民。

這段時間，我一直無機會佮伊好好仔鬥陣、開講。只有過年過節，倒轉來故鄉，有時陣佇神明生日抑是廟裡做醮，拄好看著伊有時客串陣頭ê家將，有時擔任王爺ê童乩。

伊做童乩，佮一般人小可搵一下仔豆油、清采變二下仔猴弄，簡單應付應付咧，是無仝款ê。毋管是鯊魚劍抑是月眉斧；無論是操刺球抑是攢銅針，完全照起工、按步來，絕對無偷工減料，每一擺攏是phut到面肉碎糊糊、操kah血珠潺潺滴。自頭到尾，毋捌看著伊nih過一下目、聽過伊哼過一个聲。

「嘿幹！咱王爺公ê童乩真正是有膽量、好腳數，一點仔攏無漏氣，無一个會當比並，莫怪神威遐爾靈聖、香火遐爾興旺！」講著遮，阮庄裡ê頭家仔序大攏嘛大頭拇翹懸懸，呵咾kah會觸舌。

伊扮將爺，更加是無人綴伊會著，袂輸自然生成ê模樣。你看伊規身刺青，成做一支「單盤龍柱」，身軀是柱身，胸坎是龍頭，一爪翻天、一爪覆地，有影是派頭驚人、架勢十足；閣看伊頭戴烏帽，面畫七彩，跤踏三進三退七星八卦步、手提勾魂攝魄鎖鏈鐐銬枷，真正是威風凜凜、殺氣騰騰；妖魔看著會心驚、鬼怪遇著會膽寒。老實講，佮伊熟似遐爾久，我猶毋捌看過伊這款ê威風，予人分袂清到底是伊扮將爺、將爺扮伊？抑是根本伊就是將爺，將爺就是伊？

彼暝，代天院四箍輾轉炮火四射、香煙茫霧，鑼鼓交響、人聲喊喝，敢若是另外一个虛幻ê世界。規个廟埕，親像是伊一人ê舞台；幾仔百人，袂輸伊是唯一ê明星。

做兵退伍一個外月前，我歇假結束，佇新營車頭等車欲倒轉去部隊。

「老師！」hiông-hiông，有人對我後背面大力喝聲，我驚一大趒，斡頭一下看，竟然是誠久無看ê灶雞仔。

「啊，你那會佇遮？」我一時無張持，毋知欲講啥。

「Hânn？我那會佇遮？有影落車頭攏無咧探聽呢！幹！遮我ê管區呢！」伊伸手對我ê肩胛頭輕輕仔pa-落--去。

「你欲去佗？」伊看起來心情袂穤ê款。

「來！高雄路頭我足熟，我載你去就好矣。」知影我欲去高雄，伊堅持欲載我。

「毋免啦！我坐火車，連鞭仔就到位矣。」對新營到高雄車頭閣盤公車到衛武營區，順利ê話，差不多愛點外鐘ê時間。我想講伊應該誠無閒，毋敢耽誤伊ê時間。

「哭枵啊！三八呢，熟似人講彼款生份話？」無予我加講話，伊共我ê肩胛頭mua咧，行離開車頭大廳。

「嘿，BMW呢！」佮伊對車頭大門出來，行向圓環倒手爿去，看著一間拍珠仔台ê門跤口，停一台烏頭仔車。

「幹，朋友ê啦！」伊抓一下頭毛，喙仔笑笑，感覺歹勢歹勢。

「啊你食飯未？」伊車門開--開，hiông-hiông想著一項代誌。

「食飽矣啦！你呢？」我看一下錶仔，欲七點半矣。

「我袂枵啦！無閒kah今仔日tang時食ê嘛袂記得矣。阮這款生活，食無咧照三頓、睏無咧照五更ê啦！」伊喙仔笑笑，提一支薰予我。

「後擺若來坐車，看是欲拍珠仔抑是欲食好料ê，報我名就會使，隨在你耍、隨在你食！」伊手指彼間珠仔台店佮隔壁ê海產擔，伊講kah誠得意，看起來日子過了袂穤ê款。

一路，大部分ê時間，阮攏無話講，干焦薰一支pok過一支。我相信阮兩人攏有真濟話想欲共對方講，只是，毋知欲按怎講起。

「阿成，我足欣羨你，足想欲佮你仝款ê，毋過，這世人永遠是無機會矣，你著愛好好仔保重呢！」新營到高雄，一下仔就到矣。佇營區門口，欲落車進前，伊才開喙。

「你電話抑是地址予我，我閣一個半月就退伍矣，轉去才去揣你！」

「唉，我這款浪蕩囝、迌迌人，家己嘛毋知影明仔載佇佗位，足歹揣啦！我去恁兜揣你較有影，到時，才辦一桌腥臊ê請你。」

話講煞，伊就走矣。這點外鐘ê時間，是阮這幾冬來做伙上久ê一擺。彼時陣，我猶毋知，這嘛是阮最後一擺ê見面。

退伍了後，我轉去故鄉，歇睏一個外月，伊一直無來揣我。

有幾仔擺，我行去伊ê舊厝探看覓，佮以前仝款，門仔戶仔，攏關關咧，無看半个人影；毋-捌--ê嘛佮過去仝款，四界抛抛走、規工luā-luā-趖、啥物攏毋捌。有一擺，我閣專工去新營車頭，看會拄好tn̄g著伊袂？毋過，猶是看無伊影跡。

開學進前，我先去台北教冊ê學校辦理報到手續、紲落佇附近稅厝，款東款西，開始無閒ê都市生活。

歇寒倒轉來過年，聽阿母講才知影，差不多半个月前，佇一場角頭佮角頭ê車拼當中，伊著銃suah來過身。

古早人有禁忌：「冷喪無入庄」。也就是講見若是佇外口面，不幸遭遇車禍、船難、兇殺等等意外往生；抑是佇別庄頭因爲吊脰、跳港、跳樓種種自殺死去ê人，按照風俗，伊ê屍體是袂當轉來厝內面，干焦會當佇伊徛家ê庄頭外口揣一位空地仔，搭棚仔來發落喪事。

是講，一來灶雞仔個厝佇鐵支路跤，拄好是庄內佮庄外交界ê所在；二來灶雞仔干焦毋-捌--ê這个親人，伊精神無正常，棺材囥咧外口有影無妥當。何況，這个時陣，大多數ê人已經無遐爾迷信矣。落尾，灶雞仔ê棺材猶是運轉來伊彼間破厝仔。

灶雞仔ê喪事，庄裡大大細細攏無人參加。自頭到尾，全部ê事項，攏是伊ê老大ê派幾个兄弟來發落。聽講辦kah誠奢颺，干焦樂隊、藝陣、花車加加起來就幾仔十團，一路排kah長lò-lò。

彼暫仔，頭一擺相連紲幾仔工，透早到暗，庄裡無人有看著毋-捌--ê佇外口ê身影。顛倒會聽著對彼間破厝仔，傳來inn-inn-ōnn-ōnn悽慘ê哭聲，規暝規日……

今年清明，我倒轉去庄跤培墓。社會改變矣，以前ê墓仔埔已經攏改做納骨塔，故鄉ê先人嘛綴時代ê跤步，對原來一人一棟ê透天厝，搬去一人一間ê公寓大樓，按呢毋驚透風、落雨、曝日頭，逐工閣有人燒香、點火、誦佛經，有影加誠四適。

因為毋免閣像早前愛先thuánn草、培土、teh墓紙，隨人共牲禮伫塔前大埕ê桌頂囥乎好勢。紲落，點三枝清香，燒一揢銀紙，祭拜就算完成矣，省去袂少工夫。

聽候香過ê時陣，我頭一擺行入去這間新起ê，三樓懸ê納骨塔裡，想欲看覓仔阿公佮阿嬤ê新厝生做啥款。

經過奉祀地藏王菩薩ê正殿大廳，兩爿邊佮後壁間，攏是規面規面ê塔位，前前後後排kah齊齊全全，雖然有編號，毋過，逐个大細、型體看起來攏仝款，干焦正中央ê名姓無相仝，大多數ê名姓頂懸，猶有主人ê相片。

我誠緊就揣著阿公佮阿嬤ê塔位，兩个面熟ê老大人，就親像在生ê時仝款，蹛咧隔壁；兩張烏白ê舊相片，嘛kah若細漢彼陣ê印象，攏無改變。毋敢相信，時間就按呢無聲無說，過去四十外冬矣。

我一時感覺好玄，想欲四界巡巡看看咧，順紲拜訪一寡仔誠久無看著，已經過身去ê親情厝邊、序大前輩。

我一排一排聊聊仔巡、一格一格勻勻仔看，一个一个原本袂記得ê名字，又閣浮出伫腦海裡；一位一位早就消失去ê面容，重新現身伫面頭前。無張持，伫一个轉斡ê壁角，我看著一个熟似ê名字佮相片。我hiông-hiông目珠起茫霧、鼻空一陣酸，回魂斟酌看，無毋著，真正是伊，想袂到竟然會伫遮相tn̄g頭。

隔一面冰冷無聲ê窗門，我恬恬徛伫伊ê頭前面。我一直想辦法倒轉去，回想倒轉去三、四十冬前，阮猶伫國校仔ê時陣。彼个予人看輕、無人疼惜，卻是有情有義ê好朋友；彼个無愛寫字、袂曉讀冊，毋過真愛唱歌、上勢呼噓仔ê同窗ê。伊ê一生，就親像彼隻㞌佇灶跤壁空、柴堆內底，無人注意，拼命咧叫ê灶雞仔，孤單又閣短暫、苦悶嘛無向望。

（2010年府城文學獎散文正獎，2012年改寫）

註：灶雞仔，華語號做「促織」、「灶蟋」。型體親像蟋蟀仔生做略仔較細隻，慣勢㞌佇灶跤的壁空佮柴堆裡咧叫。

自首

這是眞久以前，發生佇阮故鄉庄內ê一項大案件，四十冬來，一直攏無人知影代誌ê眞相。今仔日，我欲佇遮自首，公開這个秘密，順紲共當初時著驚、受害ê鄉親、序大，會一个失禮，向望個會當原諒我一時無心ê過錯。

佇彼个台灣經濟猶未全面發展ê七十年代初，一般庄跤所在普遍攏猶眞散赤，三頓若有齊勻、食會飽飯就偷笑矣，勿閣誚想講有啥物sì-siù仔通好食。毋過，就親像俗語所講ê：「一枝草，一點露」，既然天地都願意共人生出來，咱自然就有伊一套活落去ê步數，大人仝款、囡仔仝款，阮嘛仝款。

會記得是學校才歇熱無偌久，七月初時仔ê某一工，透早天氣就足翕熱，我佮灶雞仔、二齒ê，三个人相招去庄外豬肚口ê大水窟釣魚仔。釣規晡久，才釣著幾尾二、三指闊ê南洋仔。

「用釣ê釣無，我看規氣落去用掠ê較緊，閣會當順紲泅一下仔水，洗一下仔涼。」當咧感覺無聊ê時陣，厝裡做漁塭仔，會使講自細漢就佇水裡大漢，看著水就身軀癢ê二齒ê按呢建議。

我本來是無啥意見，這時陣拄好看著毋知tang時已經去四界踅一輾，一爿手裡提幾粒土菝仔，一爿喙裡咧呼嘘仔ê灶雞仔行過來。

「頭前水圳邊岸頂，攏是一个一个ê肚伯仔壅，咱規氣換來灌肚伯仔較有意思。」灶雞仔共菝仔分予阮，順紲提出伊ê意見。

想袂到，換一个內場了後，手氣眞正變kah加誠好，無偌久阮就灌著差不多二、三十隻，逐隻攏親像大頭拇，六跤長鬚、雙股發翅ê肚伯仔。

「我看勿轉去食晝矣，咱來烘魚仔、炰肚伯仔來掠枵就好矣。」倒轉來厝裡，日頭已經過晝矣，恐驚趕袂赴食飯去予大人罵，二齒ê閣再提議。

眾人無意見，我suan轉去厝裡灶跤提一篋仔番仔火，順紲閣偷挾幾條蕃薯，三个人來到阮ê秘密基地——豬稠邊ê草堆跤會合。

講著草堆，咱佇遮愛特別做一个紹介。

以前ê庄跤，大多數ê家庭攏猶無瓦斯，塗炭嘛無利便，上簡單、上省錢ê就是「柴in」。也就是共甘蔗收成了後糖廠無欲愛ê蔗箬佮稻仔收割好勢農民留落來ê稻草，抾起來透濫做伙，疊做草堆，囥佇厝前、厝後ê空地、埕尾，隨在伊風吹日曝雨淋，等欲煮飯、燃水ê時，才提來in做一捆一捆ê柴草，好燃、好燒又閣免開錢。

一大堆一大堆ê草堆，相接相連，成做一片若山仝款，尤其是對囡仔人來講，特別重要。隨人揣一个所在，小可整理一下，這就變做伊秘密ê基地佮私人ê地盤。好天時仔日頭曝袂著，落雨天雨水嘛淋袂到，尤其是㧣相揣ê時，眞歹揣會著人。

毋但按呢，每一堆草堆，攏有伊ê秘密佮故事：

有時陣，金象仔、海狗仔佮石牛仔彼幾个筊鬼，無聲無說，同齊失蹤幾仔暝日。厝裡ê人，對工寮揣到豬稠，對甘蔗園揣到墓仔埔，庄頭庄尾，四箍輾轉揣透透，先揣都揣無人影。想講，毋知是想欲換口味，走去佗一間新開ê筊間納稅金；抑是又閣欠筊數，去予佗一角勢ê兄弟押去添油香矣？才拍算欲去派出所報案爾，想袂到，下晡時落一陣大西北，眾人一隻一隻，親像杜蚓咧，對草堆跤趖-出--來。

「定著是去予毋知佗一箍膨肚短命死無人哭放予狗拖路旁屍蓋畚箕ê夭壽死囡仔老孤倔偷掠去孝孤爾，無就是某一隻糞埽狗癩ko猫饞食鬼咬咬去死tsėh矣！」有時陣，隔壁大漢嬸婆飼ê鴨母幾仔日攏無倒轉來倚稠，伊就袂輸起痟仝款，對厝頭前沿路揣沿路詈到後尾門，一口氣免歇睏閣攏袂跳針。伊會當對拜一詈到禮拜、透早詈到半暝，相連紲詈規禮拜才過癮。

「阿彌陀佛觀音菩薩玉皇上帝太上老君，救苦救難謝天謝地；天公祖媽祖婆上帝爺土地公，有燒香有保庇有好心有好報。」想袂到，過一段時間，彼隻鴨母無張無持，對某一堆草堆裡趖出來，尻川後閣綴一群鴨咪仔咻咻叫，害伊歡喜kah頭搖尾幌、喙笑目笑。趕緊點三枝香，對神明廳uān-nā拜uān-nā謝到門口埕，仝款是一口氣免歇睏閣袂跳針，不而過，若親像換一个人爾爾。

上識古ê是，聽講有一遍，這世人差不多逐工攏啉kah醉茫茫，佮「毋捌ê」合稱庄內兩大奇人ê「醉龍」，有一工天未光，腹肚內幌頭仔早就閣灌kah飽漬飽漬，膀胱ê尿嘛已經貯到盡磅盡磅，青狂來到草堆邊，一爿旋尿、一爿那會聽著草堆內底那會有悉悉suainn-suainn嘻嘻哼哼ê叫聲。行入去目一看，頭前面彼个查某明明就是伊兜ê彼箍柴耙麗美仔。是講，那會厝內ê眠床毋睏，走來睏佇草堆裡？閣較奇怪ê是，另外彼个查埔人，應該是伊醉龍才著啊，怎會一點仔都無成伊？

話牽傷遠矣，咱翻頭倒轉來主題。

當阮三人來到草堆跤，我先共番仔火佮蕃薯园咧塗跤了後，閃去邊仔負責看頭顧尾。二齒ê負責處理魚仔佮肚伯仔，其它起灶、in柴、點火ê穡頭，攏交予灶雞仔一手包辦。

自出世老母就精神失常，自細漢老爸就無閒趁錢，不時放伊家己一个，欲食胡蠅就家己hap ê灶雞仔來講，這種工課對伊來講是有夠簡單ê代誌。

當火愈來愈大，肚伯仔 ê味愈來愈芳，我ê腹肚嘛愈來愈枵。想袂到，拄才準備欲開動ê時，hiông-hiông一陣風吹來，火勢小可歪tshuah，煞去引著邊仔 ê草枝。紲落，一下仔就向頂懸面ê草堆規个燒過去。

二齒ê驚一越，哀kah吘吘叫，紲手捎一把稻草就欲拍火，顛倒愈拍火愈大；猶是灶雞仔較在膽，褲一褪，寶貝趕緊掠出來。奇怪ê是，平常時仔逐擺比賽，攏緊、準、遠又閣大港，定定都提頭名ê灶雞仔伊兄弟，這擺毋知是按怎，竟然Suah來相漏氣，身軀軟軟頭垂垂，英雄無用武之地。我徛佇邊仔看kah戇神戇神，毋知欲按怎？

「緊走！」hiông-hiông聽著一聲喝咻，我青狂翻頭起跤趕緊lōng，眞正是有影日頭赤炎炎、隨人顧性命。

一口氣，拚轉到厝內，宓入來房間，跳起lih眠床，軁落去被空。連鞭仔，就聽著外口嗶嗶啵啵，大人喝咻走從；紲落去，消防車嗚嗚叫，我ê心臟噗噗tshiáng……

毋知經過偌久，等阿母揣我規晡久，叫我欲食飯ê時陣，天已經強欲暗矣。行出去外口，空氣裡傳來一陣一陣ê臭火燻味，本底一堆一堆枯黃若山ê草堆，變做一片一片烏塵若海ê坌土，四界攏是人影佮茫煙。

「死啊！代誌大條矣！」我心內tshiak 一趒。驚kah毋知欲按怎，無張無持煞大聲哭出來。

阿嬤掠準我去予火燒厝驚著，趕緊悉我去予廟邊ê仙姑收驚，愈收我愈驚，欲吼欲大聲。驚我彼兩个兄弟毋知走有離無？驚警察毋知tang時會來掠我去關袂？

彼時，阮厝裡猶無電視嘛無電話，無法度知影個兩人敢有平安無？敢有其他ê人傷亡無？我煩惱kah規暝食袂落睏袂去，又閣毋敢問、毋敢講，倒佇眠床頂píng來píng去一直到天光，這可能是我這世人頭一擺試著失眠ê滋味。

「刊出來矣！咱庄內火燒厝ê消息，報紙刊出來矣，閣有相片呢！」隔工透早，阮老爸看著報紙，大細聲喝。我聽一下，差一點仔對眠床頂跋落來，想講報紙內底毋知有寫著阮三人ê大名抑是去予人翕著相片無？若有，這聲就好勢矣。

趁阿爸出門ê時陣，我趕緊偷偷仔共彼張報紙iap入去房間內，門鎖咧，一字仔一字斟酌揣，一半看有一半用臆ê。好哩佳哉，內底有寫著查畝營、東勢頭、草堆、便所、豬稠、豬哥等等，自頭到尾，除了「本報記者xxx報導」以外，攏看無其他ê人名；相片內面，干焦一片烏烏sô-sô，予火燒過ê景色，根本看袂清楚有啥物人。按呢，看起來應該是無啥要緊、會當安心才著。

火燒事件了後，有一段時間，阮庄內ê父老序大、查甫查某，無論是佇大廟埕話仙，抑是佇店仔頭開講；不管是去古井跤洗衫抑是去菜市仔買菜，所講ê竟然攏是佮這場火燒相關ê話題。

想袂到ê是，阮查某營東勢頭幾十冬來毋捌因爲啥務代誌上過報紙，這个事件煞顛倒予伊出一暫仔風頭、做一个仔宣傳，這毋知敢會當加減算做阮將功補罪ê一點仔功德？

隔轉工早頓食飽過無偌久，就聽著灶雞仔佇窗仔門外口ê呼嘘仔聲，我ê心到遮才真正放輕鬆落。彼个時陣，厝裡猶無裝電話，這是阮有重要ê代誌，相招見面ê暗號。

阮三个人來到另外一个閣較秘密ê基地，已經抛荒眞久，早就無人會注意、行跤到，有「鬼厝」稱呼ê「楊家古厝」古井邊ê大樹跤會合。

古厝ê主人楊仔舍古早時代是阮庄內頭一坎 ê大地主、好額人。毋過做人誠凍酸、眞無量，尤其是個大某閣較刻薄，不時會苦毒下跤手人。聽講，有查某嫺仔袂堪得蹧蹋，有ê吊tāu、有人投井，後來，楊家就開始袂平靜矣。若是來到七月時仔，尤其是烏雲遮月，抑是透風落雨ê暗暝，就會有身穿白衫裙、留長頭毛ê查某囡仔ê形影出現。

楊仔舍後來中風，倒佇眠床頂拖屎連，十外冬才轉去。這段時間，楊家ê囝孫，破病ê破病、意外ê意外，紲落，隨人搬了了、散掖掖，賰一个楊仔舍娘，死佇厝內無人知影，過幾仔工才去hông發現。了後、楊家就弄家散宅、離離落落矣，留一間三進三落大厝身，放咧風吹日曝、發草旋藤。

這个所在，平常時仔是無人會行跤到。毋知啥物時陣開始，變做灶雞仔一人ê秘密基地，逐擺若是去予伊起酒痟ê老爸修理，離家出走；抑是閣予阮老師蹧躂，偷逃學，遮是伊唯一，也是上安全ê收容所。

後來，我佮二齒ê變做伊ê好朋友了後，傍著朋友ê義氣，伊才予阮兩人做伙分享，而且除了重大ê代誌，平常時是無隨便來到遮。

「以前來過遐濟遍，敢捌去拄著鬼？敢會驚？」我有一擺問過灶雞仔。

「拄是毋捌拄著啦，驚當然嘛是加減會驚，毋過，佮阮彼个見若啉燒酒醉就烏白拍人ê老爸，抑是彼幾箍生做大細目，專門侮辱人ê老師比起來，我甘願來蹛遮，至少鬼毋捌拍過我、罵過我。」伊講。

阮一到位，先講著火燒ê經過，彼時灶雞仔伊看火愈燒愈大，喝一聲：「緊走！」阮三个人分做三个方向緊溜旋。

我就免閣講矣，二齒ê一路走去佃塭仔附近ê草寮宓一下晡，規身軀去予蠓仔叮kah曩曩猶閣毋敢出來，到天暗才倒轉去厝裡；灶雞仔當然是來這个所在避難，tang時轉去厝裡，應該嘛無人注意。這段期間，火按怎燒ê，阮三人當然攏毋知影。

代誌到遮，其他ê話就免加講矣，三人心內有數，照灶雞仔ê提議，割指頭仔滴血立誓、插樹枝做香咒詛；閣請眾野鬼孤魂爲證，毋管任何人佇啥款情形之下，絕對袂當洩露這个秘密，反背ê人，會予查某鬼招去做囝婿。

講起來，我彼兩个同窗ê，雖然寫字讀冊攏無半撇，做人ê義氣佮信用仝款「一級棒」，自從彼工以後，眞相干焦藏佇阮三个人ê心肝內底，無其他ê人知影，一直到今。

事後，探聽火燒ê原因，主要有兩種，無，應該是三種無仝款ê傳說：

第一種是官方ê講法。

經過警察詳細調查ê結果，認定一方面是因爲天氣傷過翕熱，一方面是草堆傷過焦燥，閣再加上可能拄好有人無細膩薰頭烏白擲，抑是有人無張持燒銀紙去引著火所造成ê，這應該只是一場意外，現場揣無任何人爲放火ê證據，嘛查無其他牽涉ê嫌犯，橫直，無人傷亡上要緊，事件就按呢結案。

第二種是民間ê立場。

聽講火燒彼暝，廟裡王爺公ê老童乩騶鬚添仔，經過十外冬ê退駕閉關了後，hiông-hiông起童指點，講是因爲舊年普渡，某物人用來做牲禮祭拜ê豬頭無清氣，致使一寡好兄弟仔感覺無受著尊重，受氣火大，所以透過大士爺共王爺公放刁，欲予眾人一个教示。

「就親像進前香爐無緣無故來發爐仝款，一定是有神明ê旨意，逐家千萬毋通鐵齒，向望主事ê頭家仔應該愛好好發落，若無，會有閣較嚴重ê事故發生。時到，就像俗語所講ê：『猛虎難對猴群』，有可能連咱法力無邊、神通廣大ê王爺公都誠歹應付、鎮壓袂牢。」鬍鬚添仔老神在在，明白指示。

這兩派ê理論攏有個支持ê聽眾佮信徒。

小部分佇公家機關食頭路抑是佇學校教冊所謂ê智識份子，比較是較接受官方ê講法。

「咱應該愛相信警方科學辦案ê方法，無通傷過迷信，何況四界疊草堆確實毋好，危險、歹看又閣無衛生。咱應該利用這个機會好好仔改革，上好是會當改裝GAS，安全、利便、又閣清氣，庄裡嘛才會進步。」佇鄉公所做秘書ê廖國華是其中ê代表人物。

大多數做工佮種田，一般所講ê勞動階級，尤其是不時佇廟埕咧開講、話仙ê老大人，無分查甫查某，差不多攏徛佇神明ê立場。

「啥物號做迷信？咱祖先佇庄內幾百冬來就信神明到今，敢有傷害過任何人？若無神明保庇，敢有法度風調雨順、五穀豐收？咱做穡人欲靠啥食穿？政府除了會曉抾稅、收租，官員干焦肖想食錢、歪哥以外，敢有照顧過咱啥物？」歲頭食到七十外，猶閣佇田裡咧做穡ê春木伯仔聽著起性地，徛出來反對。

「啥物草堆無衛生？稻草佮粟仔仝款攏是天地生成ê，

毋提來燃火敢講欲提去擲thó-ka̍k？我煞毋知影GAS利便，錢咧！恁公教人員固定領月給，年節假日、透風落雨，免上班嘛有錢通好領；破病有保險、讀冊有補助、食老閣有退休金，當然會曉拍納涼。恁爸規年透冬做透透，日來曝尻脊、雨來趁無食，錢敢會對天頂跋落來？恁爸規卵葩攏是火，點啥物GAS？」厝內爸老囝幼，一籠人種田兼做土水ê火旺仔聽著隨掠狂，跳出來唱聲。

毋但按呢，即時有人主張這擺ê中元普渡一定愛特別隆重舉辦，才會當予眾好兄弟歡喜、滿意，嘛才會當予庄裡ê人保平安、大趁錢。頭一个贊聲ê是剃頭店ê頭家金發仔，伊欲刣一隻豬閣倩一棚布袋戲鬥鬧熱一下。

彼年ê中元普渡，確實比往年ê規模加誠鬧熱、牲禮閣較腥臊，好兄弟仔有較歡喜無，我是毋知影，毋過，我知影彼學期開學了後，有ê人生活眞歹過，因爲四界傱無錢通予囡仔註冊；學校老師ê面腔嘛眞歹看，因爲四界收無費用通好共學校交差。

以上兩派ê人，攏眞堅持家己ê意見，互相無欲相讓，就親像眞久以後，有一擺ê選舉，某一个候選人著銃，有人鄙相是家己導演ê奧步，有人相信是對手設計ê陰謀仝款。甚至爲著這件代誌，有人相諍kah強欲起跤動手、斷絕往來。

以後，庄裡逐擺選舉，攏有利益ê衝突、派系ê分裂，後來甚至演變到藍綠ê對立，統獨ê紛爭，無定著佮這个事件有某種ê關係，若是眞正按呢，阮ê罪過就重大矣。

差一點仔去乎袂記得，猶有第三種ê聲音。

聽講是佇民眾服務站做主任ê吳天龍先生放出來ê風聲，伊警告逐家毋通大意，這眞有可能是對面萬惡ê共匪、抑是咱內部野心ê份子，派人潛伏佇庄內，趁人無注意ê時陣放火，想欲製造社會ê動亂、引起人心ê不安，最後達到侵略咱寶島、佔領咱台灣ê目的。

毋過，這種講法，除了天龍仔彼款賊頭賊面、鬼心鬼腦ê人想會出來以外，根本無人會去共信斗。風聲一出來，竟然同時引起其他兩派聯手做伙共修理。

「咱查畝營佇古早以前，鄭成功來到台灣ê時代，就已經開發矣，彼時確實是農業ê中心佮軍事ê要地無毋著。毋過，經過幾百年ê演變，早就慢慢仔虛微矣，除了劉家彼款大好額人，清朝時代猶有中過一、兩个舉人以外，後來就無出過啥款ê大人物。目前庄內，上大ê文官可能是做kah學校ê校長，武將大概是擔任派出所ê所長，上豪華、上氣派ê大厝應該是王爺公ê代天院，這種所在，共匪我看是無興趣才對啦！」屬於官方派，阮學校ê劉老師，私底下按呢分析。

「幹！我才無咧聽龜咧吼。這箍吳仔天龍講話實在無啥天良，連這款嘐潲話也講會出喙。像咱東勢厝這種散phi-phi ê草地所在，連彼死賊仔脯都攏無興趣矣，阿共仔會食飽傷閒，派人來放火？若欲放，準講無去總統府至少嘛愛揣縣政府，燒幾間仔大衙門、死幾隻大官虎毋才有路用，燒幾堆草堆佮屎礐、死幾隻豬哥佮雞母，有啥路用？欲創啥潲？規頭殼屎，無定著這場火根本就是伊放ê，伊才是正港ê匪諜！」屬於民間派ê老鱸鰻，赤牛仔叔公，公開共揬臭。

因爲受著眾人ê鄙相佮圍攻，閣無特別有力ê擁護者，匪諜派眞緊火就hua去矣。毋過聽講後來赤牛仔叔公透中白晝佇厝裡咧歇睏ê時，去予幾个人穿便衣ê生份人掠走，好佳哉閣轉工就放伊轉來矣。逐家心內攏有數，一定是彼箍吳天龍去做抓耙仔ê。

聽個眾人爲這擺火燒ê事件，睜kah強欲起冤家，我就感覺眞正歹勢；毋過看個逐家共根本無影無跡ê代誌，講kah按呢有跤有手，我嘛想著有夠好笑。

當然，個各派所講ê是攏小可有道理，毋過嘛攏無完全正確。火燒ê原因，就親像警方所認定ê，確實是一場意外，毋是有人故意放火。

是講，嘛毋是因爲日頭傷炎稻草傷焦，嘛毋是因爲有人烏白擲薰頭、燒銀紙，只是因爲有三个毋知死活ê猴死囡仔，無心ê過失所造成ê；嘛毋是神明所指示ê，因爲一寡好兄弟仔心情袂爽，受氣來警告ê，只是幾隻枵鬼囡仔一時貪食才造成ê；當然更加毋是共匪仔想欲佔領台灣重大ê陰謀，不過是幾个小學生臨時起義，想欲㤢一寡肚伯仔來that個ê喙空這款簡單ê心願爾爾。

另外有關這擺火燒造成ê損失，大概ê統計是按呢：十外堆ê稻草燒了了，害幾仔口灶ê人無柴起火、煮飯、燃水，一大堆ê秘密嘛做伙化做火灰；一口古井水予消防ê抽到焦khok-khok，出泉ê速度趕袂赴上水ê跤手，爲欲搶水洗衫，逐家輪流排隊，害幾十冬ê厝邊隔壁差一點仔就冤家相拍。後來，家家戶戶爲著利便，開始裝水道水，古井水煞愈來愈無人用，古井跤嘛愈來愈無人來，閒話減少矣，是非嘛減少矣，不而過，逐家ê感情嘛變薄去矣。

上要緊ê是，彼間一房兩廳ê公共屎礐仔全部化做烏有去矣。

彼个年代，我庄裡除了一寡仔好額人以外，大多數ê家庭厝裡攏無便所。囡仔人猶無關係，清采水溝內糞堆邊就會當解決矣，大人，尤其是查某人就眞麻煩，有ê人四界揣親情、朋友參詳；有ê人就近去廟裡、學校方便；有ê人甚至遠征到公所、農會解決；甚至連火車頭佮派出所嘛淪陷；也有人共阿媽、阿祖時代ê尿桶屎桶閣搬出來用；嘛有人等到三更半暝ê時陣，才趕緊出去無人看著ê荒郊野外敨敨咧。莫怪彼段時間，庄內暗時不時聽著吹狗螺，聽講猶有人去看著鬼。

阮老爸家己會曉做土水，佇厝後雞椆邊家己起一間便所，拄開始厝邊隔壁好玄，輪流來相借，後來毋知是想著較歹勢，抑是感覺誠好用，隨人想辦法，欲放家己起。想袂到，屎礐仔這个特殊ê文化竟然就按呢無看去矣，這个台語專有名詞竟然也漸漸消失去矣。

損失上介大、受傷上嚴重ê應該是豬哥福仔。伊一間豬椆燒了了無要緊，一隻主戰沙場ê大豬哥佮兩隻準備轉大人ê豬仔phue嘛死翹翹。

阮庄內ê人毋管大人囡仔攏知影，福仔伊彼隻外國原裝進口，會刣會相戰、名聲透京城ê藍瑞斯名牌ê白豬哥比伊ê性命較重要。

伊共某仔囝飼kah瘖pi-pa，豬哥予伊食kah肥tsut-tsut，個兜規厝內放kah親像豬稠，豬稠顛倒整理kah袂輸別莊仝款。聽講有時陣，若是半暝佮個某冤家，棉被提咧，就去豬稠陪伴伊ê寶貝矣做伙睏矣。

平常時仔，你看伊牽彼隻親密ê戰友行佇路裡四界征戰，四、五佰斤ê體型，彼支袂輸銃管、一副卵脬親像兩粒砲彈，確實是威風凜凜、殺氣騰騰。

彼段日子，福仔規日戇神戇神、袂食袂睏，厝裡守袂牢，透早到暗佇街仔路趒來趒去，若是聽著豬母咧叫，規个人親像起童仝款，恨袂得會當「代豬出征」，親身出馬。毋著，應該是「出豬」應戰。

佳哉，後來隔壁鄉福仔ê同門師兄弟豬哥清仔聽著消息，發揮豬哥門「有福同享、有難同當」ê精神佮義氣，調派一隻準備欲退休養老ê老豬哥來支援，勉強安慰伊鬱卒ê心情，若無，眞正有可能會鬧出人命。

後來讀冊，若是聽著老師講著咱做人愛安份守己，毋通爲非糝做，尤其是刣人放火，更加是社會ê敗類、民眾ê敵人。彼時我就感覺眞見笑，雖然我毋是悉頭ê首腦，嘛毋是下手ê主謀，至少凶器番仔火是我提供ê，我也是仝案ê共犯。

一直到看過水滸傳，原來宋江、李逵、武松等英雄好漢，爲欲替天行道、劫富助貧，有時陣嘛會做一寡刣人放火ê代誌，心肝頭才感覺較快活淡薄，雖然講皂肚伯仔、烘蕃薯這種小可代誌，佮個彼款路見不平、行俠仗義ê行爲比起來是差眞濟，毋過，至少阮是無歹意，尤其阮三人互相信任、情義相挺ê感情，袂比個較差。

四十冬後，當初時ê主謀二齒ê，自從國中畢業了後，就出外拜師學藝，完全消失武林，到今猶毋知宓佇佗一位深山林內咧修練功夫；兇手灶雞仔，幾冬前已經提早退出江湖，去另外一个世界逍遙快活矣。

過去遐濟冬ê往事，對眞濟人可能攏無啥印象矣。毋過，掩蓋遐爾久ê秘密，對我這个共犯來講，一直是一个沉重ê負擔，今仔日出來自首，講出這个眞相，相信我彼兩个好友應該袂見怪才著。

向望造成誤會佮困擾ê鄉親序大，會當化解這个疑問佮衝突；受著驚惶佮傷害ê厝邊隔壁，會當原諒阮ê無知佮亂來；嘛祈求三位豬兄豬哥會當順利投胎、重新做人。

（2011年教育部母語文學獎台語小說第 ·名）

大俠顧更仔

論眞講來，我佮「顧更仔」實在是無算有熟似。

我毋但毋知影伊眞正完整ê名姓，毋捌佮伊講過任何一句話，甚至連伊ê生做攏無講足清楚，因爲我大部分攏是佇遠遠ê所在看著伊就趕緊走離開矣。毋過，就算已經過了遐濟冬，每一擺倒轉去故鄉抑是想起庄裡ê人，伊ê身影就會衝做進前，出現佇我ê頭殼內，那親像有眞濟話想欲共我講。

顧更仔是伊ê頭路，毋是伊ê本名，伊佮電視抑是電影古裝戲內底，彼款佇三更半暝，一爿大力咧喝聲，提醒逐家愛注意火燭；一爿四界咧拍鑼，踅街巡更ê人無仝款，伊是糖廠派出來咧巡視蔗園、保護甘蔗ê人。

彼時，包括阮故鄉在內ê嘉南平原，四界攏是甘蔗園，所種ê甘蔗，毋是這馬咱佇菜市仔看會著，彼種大箍ê紅甘蔗，是長長硬硬、甜度較懸，專門用來製糖ê白甘蔗。

毋但是糖廠家己農場插ê，含農民私人園裡種ê，攏有佮個拍契約，愛俗俗仔交予糖廠去收購，家己袂當私下來買賣。彼个年代，阮庄跤差不多逐口灶攏誠散赤，那有彼款閒錢通買啥物sì-siù仔？所以，有人會去偷剉甘蔗來食。

一般心肝較大ê大人，會利用三更半暝無人看著ê時陣，做伙到園裡偷剉甘蔗，一捆一捆搬轉來藏佇草堆裡抑是豬稠內，除了三不五時提出來家己食以外，聽講閣會當偷賣予鳥市ê趁寡外路仔。毋過，若是歹運，去予顧更仔掠著，若無罰錢抑是拘留，至少嘛愛食一頓仔粗飽ê鋤頭柄，聽講金生叔仔個老爸水龍師，以前就是偷剉甘蔗去予日本顧更仔掠著，活活hông損死ê。

膽量較細ê囡仔，就等待勾甘蔗ê五分仔車經過ê時陣，相招綴佇尻川後jiok到車台邊，趁人無注意ê空縫，偷抽一、兩枝仔來過癮就滿足矣。這種情形，大部分ê工作人員，攏會當做無看著，格加是pi仔提出來歕兩、三聲，抑是藤條攑出來喝喝咧，做一个模樣就準拄好矣，眞少會對你按怎。

毋過，爲著減少損失，糖廠猶是會倩一寡仔顧更仔來看守。顧更仔當然不只伊一个，一來其他ê人攏是無熟似ê外庄人，二來阮又閣毋知伊ê名姓，所以就專門稱呼伊號做「顧更仔」。

顧更仔會引起阮ê注意，主要毋是因爲伊ê頭路，是伊ê身世。

伊毋但是一个怪人，聽講過去，閣是一个「痟ê」。無毋著，就是彼款精神無正常ê人。伊雖然出身佇阮庄裡，毋過，佇眞久以前，就差不多無佮啥物人往來矣，嘛誠少來到庄內出入。

伊一人佇庄外ê德元埤邊仔起一間竹棋仔厝，家己蹛、家己食。捌有人看過伊定定咧掠蛇掠鳥鼠、刣貓仔食狗肉；猶有人看著伊不時褪光光佇埤仔裡咧泅水洗身驅；上恐怖ê

是，聽講伊閣會共囡仔人掠去挖心肝。

這可能佮伊ê病有淡薄仔關係。

聽講伊少年ê時陣，去佇外地讀冊，有一工，毋知是去致著啥款ê疑難雜症，抑是去予啥物妖魔鬼怪附身，無張無持煞來起痟，問過袂少神明、看過足濟醫生，結果攏無路用。

落尾，無ta-uâ，休學轉來佮伊ê老母蹛做伙。規年透冬攏關佇厝內底，平常時嘛袂講袂應、無話無句，顛倒定定會佇三更半暝ê時陣，hiông-hiông喝kah大細聲、哀kah咻咻叫。勿講囡仔聽著攏毋敢烏白吼，連狗仔聽著都毋敢吹狗螺，眞正是有夠恐怖。

當然，這攏是聽別人講ê，我家己是無親身聽過，因爲，等我出世ê時陣，伊ê病已經好矣。講著伊ê病好起來ê原因，眞正嘛有夠神奇ê。自伊起痟經過十外冬了後，伊ê老母就來破病過身去矣，想袂到才出山無幾工爾，伊ê病suah家己變好矣。聽講，這是因爲伊老母變做神明來共保庇ê關係。

講著甘蔗，阮老爸就有一腹肚火。

「甘蔗就親像咱台灣人ê命運，遐爾仔韌命佇坎坷ê土地釘根，遐爾仔倔強佇火燒ê熱天伸椏，共苦澀ê血汗化做甘甜ê糖汁。毋過，終其尾矣攏仝款，予人砸kah扁sô-sô、齧kah焦khok-khok，賭一身軀變形、焦脯ê蔗粕。」

「無論是荷蘭ê公司、滿清ê郊商、日本人ê會社抑是國民黨ê糖廠，攏仝款是彼種死人物。除了霸佔規大片ê土地開農場，剝削一大堆ê農民做農場工，連其他農民家己種ê甘蔗嘛袂當一寡仔留咧食、提去賣，全部攏愛交予伊糖廠去做糖，又閣偷減斤兩、刻薄價數。外銷ê糖趁大錢，大官虎逐隻食kah肥tsut-tsut，農民、工人散kah賭一支骨。」細漢ê時，佮阿公阿嬤去做過農場工，見若講著佮甘蔗有關ê代誌，阿爸就發性地、氣phut-phut。

可能是因爲這个原因，每一擺阮若是看著附近糖廠彼支大煙筒咧噴煙，就親像一隻suh飽農民ê血汗了後，坐佇遐咧拍呃ê怪獸仝款，感覺非常ê倒彈，順紲對伊倩ê走狗——顧更仔，嘛無啥物好印象。

所以，後來阮會去偷提甘蔗，無完全是爲著貪食，有一部分原因是因爲袂爽，專工欲去共糖廠創治，去向顧更仔挑戰ê。

彼工下晡，二齒ê、灶雞仔佮我來到庄外路東ê農場，五分仔車經過ê半路埋伏。進前，阮三人才燒香結拜，順紲成立一个號做：「流浪風塵小英雄、走跳江湖三劍客」ê神祕組織。其實，本來ê名是二齒ê號ê，叫做「轟動武林小英雄、驚動萬教三劍客」。我佮灶雞仔攏感覺傷俗，無夠飄撇，所以才照我ê意見改做這个名。按照年歲排名，大俠齒ê、二俠灶雞仔，三俠就是我本人，準備行俠仗義、劫富助貧，正式向彼隻suh血ê魔頭、萬教ê公敵——糖廠，公開挑戰。

二齒ê是阮三劍客ê老大，嘛是功夫上好ê 一个，看著五分仔車慢慢仔駛過來，伊代先衝頭前，一閃身就來到車台邊，一出手就扭落規捆ê甘蔗，跤手猛掠、膽頭夠在，確實有大俠ê屈勢。我佮灶雞仔隨後趕到，趕緊共甘蔗搬落鐵枝路跤藏予好勢，聽候暗時無人看著ê時，才提來去救濟其他ê囡仔伴。

阮三人當咧無閒ê時，我無張持感覺著，一陣可怕ê殺氣逼近；紲落，一个恐怖ê人影出現。阿娘喂，原來彼箍顧更仔毋知tang時，已經徛佇離阮三人差不多十外步ê所在，目珠金金、無聲無說咧看阮矣。

一著驚，啥物英雄劍客、啥物行俠仗義，攏袂記得矣，甘蔗擲咧，阮三人拚命逃走，眞正是「日頭赤焱焱，隨人顧性命」。

一人正彎、一人倒斡，二齒ê沿鐵枝路直直走，顧更仔陰魂不散，親像mooh壁鬼一路綴佇伊ê尻川後。hiông-hiông，聽著一聲喊喝，看伊二齒ê一下倒頭栽，佇塗跤輾一輾，規个人跋落去路邊ê埤仔底。

二齒ê伊老爸佇菜市仔賣魚，厝裡放兩窟魚塭仔。自出世到今，會使講是佇水裡浸大漢ê，泅水、tiàm-bih ê功夫，連水滸傳內底彼个外號「浪裡白條」ê天損星張順，嘛無一定是伊ê對手。

這招水遁ê步數確實巧妙，就算你顧更仔閣較厲害，有三頭六臂，會飛天、會鑽地，嘛無可能tiàm水bih會贏過二齒ê。我停步、斡頭，準備欲欣賞這場好戲，看伊按怎搬落去。

是講奇怪，才bih入去無偌久爾，二齒ê那會一下子就浮出來，規个人閣袂振袂動，親像咧做死囡仔 the仝款，頭殼額邊ê水suah慢慢反紅？慘矣，無對同，出代誌矣！

就佇生死交接ê關頭，佳哉，眞正是有燒香有保庇、有看戲有福氣，布袋戲內底ê劇情竟然出現佇我ê面頭前。一个人影親像閃電一般趕到，無任何ê拖沙、無小可ê躊躇，一閃身跳落去水裡，閣一翻身peh上岸頂，看伊顧更仔手抱二齒ê，目一矖，人已經離開數十丈外……

雖然俗語講：「死道友毋是死貧道」，到底這是妖道歹人ê行爲，毋是咱英雄好漢ê作風。就算我佮灶雞仔攏已經驚kah跤手軟kô-kô，冷汗tshȧp-tshȧp滴，爲著朋友ê交情、兄弟ê義氣，阮猶是沿路綴佇顧更仔ê尻川後，來到庄內獨一無二ê彼間「天生診所」。

阮兩人佇診所外口戇戇仔等，毋敢入去看。兩、三點鐘過去，日頭嘛已經落山矣，猶是無動無靜。一直等到二齒ê伊老母青青狂狂趕過來，入去無偌久，顧更仔才行出來，看著阮兩个，無講半句話就離開矣。

我佮灶雞仔趕緊挲跤捻手，偷偷仔旋入去病院。看著二齒ê，人倒病床頂，頭包白紗布，手掛大吊筒。原來，伊是逃走ê時去予樹枝kê一下倒頭栽，頭殼額去撞著石頭昏昏去，拄好跋落去水裡，毋是刁工咧施展伊tiàm水bih ê功夫啦！

除了頭殼額破一空綻五針以外，可憐ê是，伊彼二支註冊商標ê屎杯仔齒嘛去予拼一下斷斷去。毋但按呢，鼻拱頭閣烏青激血，腫一丸紅紅，大俠二齒ê煞變做衰尾道人眞假仙。好佳哉，顧更仔及時趕到，若無，凡勢會變做一命嗚呼

ê千心魔，按呢就害了了矣。

經過這擺ê教訓，大俠二齒ê受著眞大ê刺激，伊這時才相信，天外有天、人外有人，功夫確實是萬底深坑這句話。伊看破宣布解散組織、退出江湖，決心欲去走揣閣較高明ê先覺拜師學藝。而且，透露已經鎖定目標矣，伊就是正港深藏不露ê隱世先覺、絕代高手——顧更仔。

聽講二齒ê後來眞正去顧更仔 ê厝裡幾落擺，遇著眞濟神奇ê代誌，只是伊有咒咀，就算結拜ê好兄弟嘛愛保守秘密，袂當洩漏這个天機。毋過，我感覺伊是咧臭彈。

既然知影顧更仔武功高強，又閣是老大二齒ê，救命ê恩人兼未來ê師父，阮當然是毋敢閣再佇伊ê地頭鑿鬚矣。後擺若是五分仔車經過，阮只有喙涎含咧、齒根咬咧，當做無看著。

過無偌久，有一工暗頭仔，阮一大群人佇公厝ê大埕損球，彼日毋知是閣佗一个偉人ê生日抑是啥物國家重大ê節日，灶雞仔伊老爸 -- 李士官長，又閣啉kah醉茫茫，提一支竹籠仔沿路顚沿路幌過來，一出手就對灶雞仔ê喙顊搧落去，閣起跤唯身軀tsàm過去，看伊倒佇塗跤，喙角流血珠、目屎含目墘，逐家驚kah攏毋知欲按怎？

「好幹你閣共恁爸拍看覓！駛恁娘，你這隻外省豬仔，干焦會曉欺負囡仔人！會hông幹，袂去拍共匪仔予我看覓？敗戰兵仔閣敢佇遮捨世捨眾！」就佇非常緊張ê時陣，布袋戲ê劇情又閣出現佇阮ê面頭前：起頭，一支扁擔帶著驚天動地ê氣勢掃過來，共士官長ê竹篙拍落地；紲落，閣一道移山倒海ê掌氣送出來，將伊規个人摔一下tǹg-lap坐，最後，一陣拆風裂水ê喝聲響起……

顧更仔身懸六呎外，體重百外斤，手提扁擔、頭戴瓜笠、跤穿*thahbih*，徛佇大埕中央，看起來威風凜凜、殺氣騰騰，這是我頭一擺，嘛是唯一ê一擺聽著伊咧講話。

士官長倒佇塗跤兜、身軀褪腹裼；手捾酒矸、跤穿淺拖。雖然正爿刺青「殺朱拔毛 消滅共匪」、倒爿刻字「反攻大陸解救同胞」，胸前閣劃一面青面獠牙ê國旗。毋過人矮身短、肚坔肉垂，看起來已經是氣輸三成、勢減五分。

士官長雖然是軍人退伍，以前捌聽阮老爸講過日本人咧鄙相ê話，個講支那兵仔干焦會曉走路、袂曉相戰，看起來應該有影ê款。這時陣看伊士官長規个面色對紅轉白、唯白反青，慢慢徛起來，恬恬行離開大埕；顧更仔恬恬仔翻頭，慢慢仔行離開大埕，一場衝突就按呢結束。

主角離開矣，看鬧熱ê觀眾猶有人無欲散戲，圍佇遐十喙九尻川。

「這篙老芋仔平常時都攏好性好性，毋知按怎哪會按呢，見若啉著燒酒人就反形？逐擺共伊ê後生當做共匪仔咧罵咧拍。」

「豬就是豬，走到台灣嘛是豬，食咱食夠夠，本來就應該愛予伊一个教訓，掠準咱台灣人好欺負！」

「準講老芋仔起酒痟，烏白拍人無應該，到底拍伊ê後

生嘛是個兜 ê家內事。何況，這也毋是頭一擺矣，進前庄裡ê大人看著，攏是好喙共伊苦勸爾爾，連管 - 區 --ê上濟嘛是口頭共伊警告就準拄好矣，想袂到這个顧更仔suah會遐爾激動，袂輸灶雞仔才是伊ê後生咧hông欺負仝款。」

「敢講眞正佮顧更仔有關係？所以老芋仔做烏龜、khí-moo穲，拍灶雞仔來拄數？」

「老芋仔佪彼个毋 -- 捌 --ê空神空神，規日四界luā-luā趖，敢講眞正代先去予顧更仔 sôo去矣？」

「毋過看佪兩个面路佮體格攏無相仝，一个是頭毛紅紅，生做黃酸細隻、瘖閣薄板；一个是規頭白毛，生做高長大漢、粗勇躼角，應該是無仝公司ê才對。」

一大堆人愈講愈有影，我根本無心情去聽佪咧講彼有空無榫ê話，四界趕緊咧揣灶雞仔 ê人，已經看無伊ê影跡矣。

國小畢業了後，二齒ê佮灶雞仔兩人做伙去讀附近ê國中，繼續過佪自由自在、放牛食草ê生活；我佇阮老爸ê堅持之下，去讀庄外一間升學率佮損囡仔攏仝款出名ê私立明星初中，開始過彼款無暝無日、關雞飼鴨ê日子。愈來愈重ê課業，予阮鬥陣ê時間嘛愈來愈少，阮無煩無惱ê少年時代，到遮會使算講是結束矣。

講著私立學校，我就非常ê倒彈，啥物升學率懸，講破根本毋值三針錢。師資無比人較強，環境無比人較好，干焦會曉靠考試佮損學生贏人爾爾。

逐工透早到暗，上課、考試、損人、考試、上課……一直輪流，親像咧訓練狗仔仝款。按呢，升學率就比人較懸矣。論眞講來，彼根本毋是咧教育學生ê學校，是咧出賣知識ê學店。毋過，一般ê家長無想遐濟，只要會當考牢第一志願ê高中上重要。逐冬，嘛是照常相爭共個ê後生、查某囝送入去開錢予人修理，眞正是無法度。

有一工寒--人，我仝款天未光就出門，一直到暗時九點才結束一日ê拖磨，騎跤踏車欲轉去厝裡，來到半路，開始落雨濛仔。

三、四隻毋知absent佇佗位ê野狗hiông-hiông從-出--來，對我沿路jiok沿路吠，我一時著驚，suah來tshū倒，疼kah爬袂起來，野狗顛倒愈tshînn愈過來。佇緊急萬分ê時陣，布袋戲ê劇情準時閣再搬出：烏暗中一道劍氣閃電來到，共彼群狗仔拍kah東倒西歪，沿路走沿路哀。

原來是一支扁擔落地；紲落，茫霧裡一个殺氣騰騰、神秘莫測ê人影現身，眞正又閣是顧更仔。

看著伊，袂顧得傷疼，我趕緊共跤踏車牽起來，青狂騎走。轉去到厝，阿母看我規个身軀澹lok-lok、一su衫褲烏sô-sô，問起原因，我騙伊講是家己無細膩予跋倒，趕緊去換衫褲洗頭面。事後才感覺眞歹勢，連共伊說一聲勞力攏無。

過無幾工ê禮拜下晡，我閣騎跤踏車欲去新營街仔買參考冊，經過縱貫公路糖廠附近彼間半路店仔 ê時，無張持，去看著阮老爸佮顧更仔兩人佇內面咧啉燒酒。

我驚一趒，閣翻頭踅轉去確定一擺，眞正無看毋著。原來佪兩人竟然早就有熟似，以前那會攏無聽阮老爸講起？敢講顧更仔是咧共阮老爸投我以前去偷提甘蔗抑是幾工前予跋倒ê代誌？我沿路騎沿路想，無細膩，差一點仔去予車拚著。轉去厝裡，阮老爸已經先入門矣，我毋敢問，伊嘛無開喙。

學校月考進前一工ê禮拜，我佇厝裡咧讀冊，彼工拄好咧落雨，阿爸袂當去工地，嘛無法度去田裡。

伊佇厝內一爿咧啉燒酒、一爿咧配土豆，看著我坐佇冊桌仔頭前咧讀冊，問我咧讀啥物？我講是歷史。

「啊！恁ê歷史課本內底敢有講著一个二二八事件？」伊停一下仔，紲喙閣問我。

毋是我佇遮咧臭屁，我自學生時代對歷史佮國文攏眞有興趣，毋但學校ê課本背kah熟熟熟，閣定定去買歷史佮文學ê課外冊來看，逐擺考試不時嘛滿分。啥物一二八事件、九一八事變、五三〇事件、七七事變，我攏嘛記kah清清楚楚，就是無聽過有一个號做二二八事件ê代誌？

「有一二八、九一八，無寫著二二八呢！敢會你記毋著去？」我誠有自信，想講伊應該記毋著去矣。

「二二八絕對無毋著啦，是台灣光復無偌久以後，所發生ê事件，聽講死袂少人呢！」阿爸誠堅持伊ê講法，看起來無像啉酒醉ê款。

若按呢，確定是課本無寫著、老師嘛無講著矣。因爲若是台灣所發生ê，我所知影ê有清朝ê朱一貴事件、林爽文事件；日本時代ê噍吧哖事件、霧社事件。光復以後，咱台灣佇偉大ê政府佮英明ê領袖領導之下，人民攏過著幸福、快樂、美滿ê生活，那有可能會發生啥物不幸ê刣人事件？

「按呢到底啥物是二二八事件？」聽阿爸講kah遐神秘，換我好玄來問伊。

「其實我嘛無講介清楚，我彼陣無閒咧做工趁錢，三頓都顧袂去矣，那有彼款時間去管其他ê代誌，這大部分攏是聽阿城仔共我講ê。」阿爸先啉一喙酒閣配兩粒土豆。

「阿城仔是啥物人？」我頭擺聽著「阿城仔」這个人。

「suah毋知就是恁講ê彼个顧更仔！」有影無毋著，阿爸佮顧更仔兩人眞正有熟似。

「啊伊共你講啥物？」聽著顧更仔ê名，我更加對伊ê代誌感覺趣味。

「我今仔日共你所講ê話，你袂使四界去烏白共別人講呢，敢知影？」老爸頓tenn一下，目珠金金掠看我，開喙勻勻仔共我講。

原來，顧更仔佮阿爸是日本時代公學校同窗ê。每擺考試阿爸攏頭一名，伊攏第二名，彼个醫生天林仔猶閣佇個後壁後壁咧。

毋過，阮阿公佇糖廠咧做農場工仔，散kah三頓強欲食袂飽矣，那有才調通予伊繼續去讀冊。伊無奈公學校一畢業，就綴人去做師仔學工夫鬥趁錢，今仔日毋才會一世人做工袂出頭，這是伊一直上怨嘆、上毋願ê代誌。嘛因爲按呢，伊才會一直向望阮會當好好仔認眞讀冊，毋通像伊這款袂出脫、無前途。

顧更仔 ê 老爸，佇伊細漢ê時陣就過身去矣。毋過個家族仔是阮庄裡排前幾炭ê好額人，留袂少ê田園佮厝地落來，靠這祖公仔屎，伊毋但免煩惱食穿，閣會當繼續升學。

公學校畢業了後，伊去台南讀州立臺南二中，也就是現此時 ê 台南一中。後來光復，聽講臭頭仔派一隻外省豬公來統治台灣。

「啊！臭頭仔是啥物人？」豬公我小可知影，臭頭仔頭一擺聽著。

「煞毋知影就是彼箍老蔣ê！」

阿娘喂，以早我一直掠準蔣總統就親像古早ê皇帝抑是天頂ê神明仝款，非常神聖、偉大才對，想袂到伊ê外號竟然是叫做臭頭仔！這聲眞正是抾著寶矣，後擺無揣一个機會，共阮彼兩个兄弟展一下那會使？

「這隻豬公閣焘一堆豬仔囝來台灣，大細隻貪、大細項食，無偌久，就共規个台灣食kah空lo-lo、舞kah挐tsháng-tsháng矣。

毋但按呢，個閣四界欺負咱台灣人、糟蹋咱台灣人，予百姓有夠袂爽佮倒彈。有人講台灣光復是『狗去豬來』，日本人親像狗，歹囝歹至少閣會替你顧厝、保護你；外省仔袂輸豬，逐項無半撇，規工干焦會曉食、會曉睏，眞正是有影。

後來有一工，也就是彼冬二月二十八號進前ê暗時，佇台北聽講有一群外省豬仔又閣去欺負一个賣薰ê查某人，引起咱台灣人ê不滿佮反抗，後來，發生非常嚴重ê衝突佮死傷。落尾，臭頭仔見笑轉受氣，對大陸派一大堆軍隊過來壓制，有眞濟人去予兵仔掠掠去、拍拍死。」阿爸講煞，先吐一个大氣、才閣啉一喙燒酒。

這是我頭一擺聽著二二八 ê 代誌。這段時間，我毋捌共別人講過這个秘密，嘛無閣再有聽過別人講著這方面 ê 代誌矣。一直到五、六冬後，我去台北讀大學 ê 時陣，佇學校附近 ê 地下冊擔，才看著閣較詳細 ê 資料。

想袂到，咱自細漢就去 hông 洗腦洗 kah 遐清氣。彼个不時出現佇課本、文章內底，豐功偉業、英明偉大 ê 蔣總統；彼个見擺若露面佇電視、報紙頂頭，攏是喙笑目笑，滿面慈祥 ê 老大人；彼个無偌久以後會過身去，予全國同胞毋甘 kah 哀爸叫母民族救星、世界偉人 ê 先總統蔣公，竟然是二二八事件大屠殺幕後 ê 藏鏡人！

是講發生這種天大地大 ê 事件，莫怪課本無寫著、老師無講著，有可能個根本嘛毋知影，就算知影，嘛毋敢公開去講。

「事件發生 ê 彼段時間，有一工，阿城仔拄好對台南坐火車倒轉來新營，行出車頭 ê 時，看著頭前面圓環仔一大堆人圍佇遐，喝 kah 大細聲、毋知咧創啥？伊一時好玄，倚過去看鬧熱，才行到位爾，啥物攏猶未看著咧，hiông-hiông 兩大台兵仔車駛過來，跳落來一、二十个軍人，一面開銃、一面喝聲，共眾人團團包圍起來，有人著驚想欲逃走，隨予兵仔對後壁開銃拍死。其他袂赴逃走抑是毋敢離開 ê，差不多有三、四十人，攏 hông 縛起來押上車。

兵仔車駛來到早前日本時代ê神社，也就是這馬新營公園ê所在，共所有ê人攏趕落來佇塗跤跪規排，無講半句話，一个一个開始銃殺。阿城仔驚kah規身軟kô-kô、褲底澹lok-lok，到底是按怎去hông掠、欲hông刣，伊完全攏毋知影。有人想欲問，一開喙，銃柄就siau過來。

等到閣賰差不多四、五个就輪到伊ê時陣，一个軍官打扮ê人行過來，共彼群兵仔毋知講啥話？紲落，隨閣共個幾个人押上車駛走矣。落尾，到底閣發生啥物代誌，阿城仔無想欲講，我嘛毋敢加問。」

「彼工下晡，阿城仔ê老母福貴嬸仔佇厝裡khok-khok仔等，等到日頭落山矣，猶等無伊ê後生倒轉來，四界去揣人問，才聽人講那親像有看著阿城仔去予外省兵仔掠去矣，福貴嬸仔聽一下當場哭kah死死昏昏去。後來，拜託伊一个佇縣政府食頭路ê親情鬥走從，毋知開偌濟金錢、用偌濟關係，才共阿城仔救倒轉來。

想袂到阿城仔伊人是平安倒轉來矣，魂煞毋知驚對佗位去，規个人變做戇神戇神，袂講袂食袂認得人，有時睏到三更半暝，閣會起來大聲哀大聲叫。伊老母毋知閣賣偌濟田園、想偌濟辦法，收驚、算命、觀童、問神、做法會、倩醫生，攏無法度。俗語講：『痟病無藥醫』，阿城仔起痟矣。

可憐伊富貴嬸仔少年就守寡，單生阿城仔這个孤囝，向望伊以後會當來傳香煙，啥知變按呢。阿城仔單純一个十外歲ê讀冊人，佮個無冤無仇，也無惹啥物代誌、犯啥物天條，竟然hông害kah起痟！遮个外省豬仔眞正是有夠夭壽骨，有夠無天良，敢講攏無咧講天理？敢講攏毋驚會報應？

後來，個兩个母囝家己關佇厝內，除了無佮庄裡ê人往來，平常時嘛眞少出門，其實嘛無人敢行跤到。十外冬後，福貴嬸仔過身去矣，阿城仔毋知按怎，煞顚倒精神過來。

前途烏有、家破人亡ê伊，一箍人搬到庄外鐵枝路東德元埤邊ê田中央，搭一間竹拱仔厝，家己蹛，家己種菜、掠魚、家己食，仝款差不多佮庄裡ê人無任何ê往來。後來，伊一个佇糖廠咧做主管ê親情共苦勸佮紹介之下，才去做顧更仔。」

阿爸講煞，先啉一杯燒酒，才閣吐一口氣。紲落，閣吩咐我一擺，千萬毋通共伊講ê代誌，烏白去學予別人知。

到遮，我才大概知影顧更仔 ê過去，阮以前誤會伊矣，伊毋是啥物恐怖ê怪跤，只是一个不幸ê可憐人。

隔冬四月，也就是我讀初二下學期ê時陣，台灣發生一件轟動武林、驚動萬教ê大代誌，彼个萬惡ê罪魁——臭頭仔，khiau去矣。

彼段時間，電視、電台佮報紙，規暝規日攏無停咧放送這个大消息，報導伊這世人ê豐功偉業：啥物革命、東征、北伐、抗日、剿共……一大堆，就是無講著二二八。毋但按呢，連學校也要求所有ê學生囡仔逐工著愛背蔣公ê遺言、唱蔣公ê紀念歌，制服頂面閣愛紩一塊烏布。

「駛個娘！恁爸以後若死去，阮後生都無一定會爲我結烏紗咧，彼箍臭頭仔 khiau去，佮阮兜啥治代，著愛替伊帶孝？」阮老爸見若看著就啐幹譙，害我逐工對學校轉來，就趕緊共學校ê制服褪落來，毋敢去予看著。

仝款佇彼个時陣，可能眞少人有去注意著另外一个地方ê小事件，也就是彼支大煙筒箍ê所在，糖廠本底ê活動中心，臨時用來當做追思、祭拜蔣公ê禮堂，半暝發生火燒ê意外。

警方自頭到尾查無眞正ê原因，干焦佇現場揣著一具燒kah臭火焦ê屍體，毋過，身分一直無對外公布。過兩工，新聞就無閣再報導矣。無偌久，有人無張持去注意著，有一段時間，攏無去看著顧更仔矣，此去，嘛無人閣知影伊ê下落。

看著彼暗ê新聞，阮老爸吐幾仔个大氣，啉規暝ê燒酒，無講半句話。彼當時，毋知是按怎，我感覺淡薄仔希微，心肝頭hiông-hiông浮出一个人影，伊就是——顧更仔。

（2011年台南文學獎台語小說佳作）

李貴ê戰爭

自從發生彼項代誌了後，以後庄裡，無論是賞兵、拜拜抑是謝神、做醮，只要是有倩戲班來做戲，李貴就親像犯人仝款去hông軟禁佇厝內底，袂當出門。

無論伊按怎講好話抑是發性地，攏無路用。連平常時上好講話、眞好女德ê貴姆仔，仝款是心肝掠坦橫、姿勢踏強硬，完全無半點參詳ê餘地。透早到暗、一日三頓，連去浴間、便所都共伊顧牢牢，精差無用彼條牛索仔對伊ê鼻仔共貫起來爾。

「就算拚老命，嘛無可能放這箍老番顚閣出去捨世捨眾矣。」貴姆仔心內早就拍算好勢。

彼項代誌發生了後，伊一開始是煩惱kah袂食袂睏，見笑kah毋敢出門，若去想著現此時庄仔內ê人，毋知會按怎佇個ê尻川後講閒話、拍納涼，伊這領老面皮就毋知欲收對佗位去藏。

後來，伊早暗佇厝內食菜念佛，逐工去廟裡燒香拜拜，祈求神明毋通受氣，會當原諒個貴仔一時ê莽撞，伊佇神明面頭前咒詛，保證以後絕對袂閣再發生這款ê代誌；同時嘛下願，明年王爺公祖聖誕，伊欲刣豬屠羊，叩謝神恩。

毋但按呢爾，仝款若是有做戲ê時陣，廟裡ê人嘛會央請幾仔个李貴ê親情、朋友，輪流出面。表面上是欲來揣伊開講，實際上是來咧做*spai*，安貼伊ê心情、查探伊ê舉動。另外，閣派一大堆便衣ê人員，一工二十四點鐘無歇無睏，守佇李貴個兜四箍圍仔咧監視，無惜一切ê代價，千萬絕對袂當閣予伊偷走出去，若無，代誌就大條矣。

閒話講遐濟，到底貴仔是啥物大人物？彼工又閣是發生啥物大代誌？

彼工就佮平常時仔仝款，李貴狗未吠、雞未啼，就已經精神矣。伊簡單洗一个頭面、扒一下早頓，就牽牛欲閣去園裡。

李貴歲頭已經食kah 七十外矣，後生、查某囝嘛早就攏大漢、嫁娶，隨人分食矣。照理講，伊實在是會當好好仔歇睏。看是欲踮厝內面看電視、騙孫仔；抑是搬一條撐椅，佇簾簷聽*lajioh*，抑是佮庄裡其他ê老人仝款，來去大廟埕、店仔口，行棋、泡茶兼話仙。毋過，伊就是閒袂落來。

伊兩个後生嘛是攏有出脫、誠友孝，不時勸伊搬去市內佮個做伙蹛。毋過，伊偏偏就是無願意嘛袂慣勢。

幾冬前，伊ê大漢新婦生後生，伊佮老牽手ê去共做月內，蹛無幾工伊就擋袂牢矣，不時喝欲轉來庄跤。伊講規日關佇大樓內底，袂輸咧坐監仝款，有夠艱苦ê。自彼擺了後，伊就咒詛，以後無論按怎，絕對無欲閣去蹛彼市內矣。

李貴攏總有三塊、加起來甲外地ê田園。一來，家己已經有歲矣；二來，後生攏佇外地食頭路，袂當鬥相共。前年，伊共兩塊贌予人做，家己留一塊三分外ê。清采看是欲掖一寡仔菜籽、䢢兩壟仔蕃薯，抑是種幾枝仔蕃麥、插幾欉仔甘蔗，隨在伊歡喜就好。橫直按呢，伊就會當無閒kah規年透冬矣。

其實，伊嘛知影家己ê個性，雷公癖、歹性地，無細膩就會去得失人。是講，伊毋是彼款愛展風神、愛惹是非ê人。就算有時陣無拄好，去tn̄g著透風落雨，袂當去園裡做穡，伊大部分ê時間攏是佇厝內啉兩杯仔幌頭仔，配一盤仔土豆；順紲聽一下仔*lajioh*，閣哼幾條仔老歌，就心滿意足矣。

彼工，會記得是清明進前，李貴牽牛去園裡倒轉來ê半路，hiông-hiông想著，斡一个頭，踅過去墓仔埔，順紲先去共伊老爸佮老母墓頭ê草thuánn-thuánn咧，墓厝ê土培培咧。

伊想講這馬ê少年人，逐家攏無閒無工，一逝路遐遠，清明欲轉來看一下仔祖先就誠好矣。就算有轉來，嘛是青青狂狂，燒一下香、拜一下拜，就趕緊欲閣走矣。等到彼工透中白晝，個那有彼款身命佮閒工，通好去鬥整理？看破家己來較實在。

李貴ê老爸老母，早就攏過身去幾十冬矣。伊猶是堅持，逐冬清明，一定愛去共序大人培墓、掛紙。雖然伊無讀過冊，毋過伊一直相信，這是咱做人上基本ê人情義理。

照理講，李貴若是干焦對伊ê厝裡去到園仔，出入是毋免經過大廟ê。

毋過，因爲伊先閣踅過去埔仔，轉來就愛對廟前經過。想袂到就是按呢，才會惹出後來一大堆ê是非。

李貴猶未行到廟前，遠遠就聽著做戲ê鑼鼓聲。原來彼工拄好是農曆三月二十五王爺公ê生日，眾爐跤、信徒倩一棚歌仔戲佇代天院ê廟埕咧謝神，慶祝李府千歲聖誕千秋、萬壽無疆顯神威；保庇庄裡年年風調雨順、五穀豐收大趁錢。

李貴對彼歌仔戲一向無啥物興趣，無論是佇大廟埕現場演出，抑是電視台錄影播送ê攏仝款。基本上，伊認爲彼款戲根本是咧予查某人看ê，一堆毋知查甫毋知查某化妝打扮ê小生苦旦，不時佇遐欲哭欲啼，哀規半晡，猶毋知是咧創啥代？劇情又閣拖拖沙沙、厚屎厚尿，看著有影誠艱苦。比較起來，伊猶是較愛看布袋戲，毋管是好人抑是歹人，東南派抑是西北派，有啥物冤仇，毋免加廢話、嘛毋免傷囉唆，規氣拍拍、刣刣咧較爽快。

其實，伊早前上愛ê是聽*lajioh*內底吳樂天講古ê義賊——廖添丁，逐暗攏愛一段落聽到煞才甘願去睏。尤其見若是去聽著添丁按怎展功夫咧創治個日本仔警察佮官員；抑是想步數去修理彼三跤仔有錢人，救濟可憐ê散赤人，伊就爽快kah規暝睏袂去，恨袂得會當佮廖添丁熟似，交一个朋友，甚至結拜做兄弟，就算做伊ê細漢ê嘛眞歡喜，會當做伙去佮阿本仔拼一个仔輸贏。

是講這箍吳樂天正港是王祿仔底ê，口才利，頭殼好、生理又閣gâu做，逐擺攏講kah半中途當咧精采刺激ê時陣，hiông-hiông就共你停落來做廣告、賣藥仔兼畫虎膦。爲著欲予伊藥仔趕緊賣賣、趁趁咧去孝孤，通好繼續講落去，李貴嘛開袂少錢仔頭去共交關。到今猶一罐一罐，無知啥物碗糕虎骨酒、大補丸佮運功散，攏囥kah規眠床跤咧生虱母。雖罔按呢，伊猶是上合意聽吳樂天講義賊——廖添丁ê故事。

看著咧搬歌仔戲，李貴本來是無想欲停落來，毋過，彼工眞正是註定欲有代誌發生。

當伊拍算欲離開ê時陣，無張持去tn̄g著老朋友天送仔ê大漢後生春明仔。天送仔佮李貴是仝沿ê老厝邊，毋但是讀冊同窗，連做兵ê時陣，對中心到部隊都仝一个單位，兩个人會使講是做伙穿一領褲大漢ê好兄弟。幾冬前，天送仔過身了後，就共田園攏放予春明仔去做。

「貴伯仔！你也來看戲喲？」春明仔人骨力又閣好頭喙，遠遠看著伊就喙笑目笑行過來，uān-nā好禮共伊相借問；uān-nā趕緊共薰提出來，共火點乎焠。

「無啦，那有彼款閒工佮身命，早起去園裡行行踏踏咧，順紲去埔仔共阮老歲仔ê墓頭小可整理理咧，毋才會斡對遮來。清明欲到矣，恁老爸ê你有去共巡巡看看無？」李貴吐一喙薰，擛頭問春明仔。

「有啦！有啦！逐冬嘛攏有悉囡仔做伙去共培、去共拜。」春明仔知影老大人上要意這款代誌，即時共應話。

「三、四冬有矣honn？古早人咧講，死人好過日，眞正有影。」李貴大力suh喙薰，共薰頭擲咧塗跤。

春明仔想起伊ê老爸破病彼一、兩冬，李貴無嫌麻煩，三不五時，就來共看、佮伊講話；過身ê時，李貴嘛驚會無清氣相，嘛無咧管啥物風俗禁忌，差不多逐工都來伊靈前拜拜、看看，陪伊坐坐咧。出山彼工，李貴透早就來送，自頭到尾，一直送到上山頭。

「今年ê天氣眞正有夠反形，一下仔起寒、一下仔轉熱，有時仔透風、有時仔落雨。這季ê『四月早』才咧弄花爾，就去tn̄g著稻熱病，這馬規區差不多一半以上攏無出穗，就算有嘛袂勾頭。我看，照按呢落去，時到連五石割都有問題，這季恐驚又閣是咧做心酸、了戇工ê，收無通好生食矣！」春明仔看李貴目箍紅紅，知影老人惜情，閣去想著老朋友咧傷心矣，趕緊共敬一支薰，順紲轉換一个話題。

「天做代、毋是人做歹，那有法度？褲帶hâ乎較絚咧，小可忍耐一下就渡過去矣，無，欲按怎？」李貴大力吐一喙薰。

「本來是有拍算欲先閣共揁一擺藥仔，救看會成物無？後手才閣來tsai一遍肥拱看會tsing-tsông未？毋過，前幾工仔聽農藥清仔咧講，藥仔又閣欲起價矣，這條錢毋知敢通閣共開落？」李貴是老江湖矣，雖然幾冬前退休，無咧種粟仔矣，功夫猶原佇咧，春明仔利用機會，請教伊ê看法。

「幹！已經都咧歹年冬矣，閣去tn̄g著這款奧政府。農藥起，肥料起，連水租嘛欲起，干焦粟仔價數攏袂起！敢講做穡人就毋是人？敢講做穡人就免食穿？人若無欲照天理，天是欲按怎照甲子！」講著政府，李貴愈想就火愈大，一支薰suh了，伊牛索仔牽咧，就欲起行。

咚！咚！咚！鏘！鏘！鏘！

這个時陣，戲棚頂拄好鑼鼓齊響，鬧熱滾滾。原來是秦檜彼箍老奸臣，已經相連紲用十二面ê金牌，共岳飛大元帥對前線調倒轉來京城，關佇大理寺ê監獄內底，準備用計欲共岳飛、岳雲個爸仔囝害予死。

「咱爸囝血戰沙場，立下汗馬功勞，反倒轉欲害咱，爹親為何無欲拍出去？」台仔頂，岳雲毋願白白受死，憤慨大聲抗議。

「胡說！自古忠臣不怕死，大丈夫視死如歸，何足懼哉？」岳飛聽了真受氣，大聲責罵岳雲。

李貴雖然無讀過冊，毋捌字毋捌墨，親像青盲牛仝款。毋過，這个故事伊自細漢佇廟埕就聽走街仙講古，講過幾仔遍矣。

「幹！秦仔檜這箍老奸臣，真正是無天無良、無tshàu無siâu，你就永遠好狗運，路頭路尾毋通去予我拄著，若無時到，恁爸定著欲予你一頓仔粗飽，毋信你才試看覓！」逐擺見若聽到遮，李貴ê心肝頭就那起凝、那下願。

想袂到經過遮濟冬，這擺，竟然真正佇遮去予伊拄著。李貴看一个心肝頭風火齊熾，啐一聲，牛索仔放咧，人已經來到戲棚跤。

看伊年歲七十外矣，老罔老，自少年有閒工就去阿火師ê武術館學拳頭，連阿火師就呵咾kah會觸舌，幾仔擺公開表示，想欲共規个功夫、秘方佮武館攏傳予伊。

彼當時，若毋是阿火師開ê條件——入門予招做伊ê囝婿，予李貴傷過頭爲難，伊ê人生可能就無仝款矣。

後來，伊閣固定佇代天院ê大廟埕行陣頭、練宋江，一支丈二槌，擛著又閣直又閣在、舞著又閣猛醒又閣威風。到今，規庄頭，猶無人綴伊會著。

閣再加上伊幾十冬來，會使講逐工攏佇園裡風吹雨淋日曝ê磨練，筋骨猶誠an-tah，跤手猶眞猛掠。

你看伊手一抛、腰一幌，規个身軀已經徛佇戲棚頂。

「駛恁娘，你這箍老奸臣，糟蹋人遐遛久，敢講猶閣袂過癮？換恁爸來佮你輸贏看覓！」李貴出力喝聲，仝彼个時陣，倒手對秦檜ê肩胛頭giú咧，正手籐條頭唯伊ê尻脊骿but落。

「啥物時陣，那會無代無誌從這箍青仔欉出來？袂輸半路殺出來ê程咬金仔仝款？是講，今仔日應該是咧搬風波亭無毋著，那會變做隋唐演義？」秦檜看著計謀成功，心情感覺眞輕鬆。現此時，喙笑目笑，坐佇太師椅頂咧蹺跤哈茶捻喙鬚，無張無持去hông驚一趒。擛頭一下看，人猶看未清楚咧，聲音已經來到身軀邊，肩胛先去予人giú咧，紲落，尻脊嘛去予人but著

李貴閣出力一捒，秦檜連椅仔帶人倒摔向，tǹg-lap坐佇塗跤；李貴雙跤一徙，人隨抛過來，拳頭母對秦檜ê胸坎就共bok落去。

咚！咚！咚！，鏘！鏘！鏘！

秦檜到底是老江湖閣有功夫底ê，雙手一kīng，共李貴

揀離開，一起身雙跤倒退三步，斡頭趕緊走。李貴那有可能按呢就放伊煞，起跤就共綴，兩个人佇戲棚頂咧踅圓箍仔走相 jiok。

「毋通啦！歐吉桑！毋通啦！」這个時陣，無張持有人對李貴 ê 身軀後壁攬牢咧，大聲咧喝咻。李貴斡頭一下看，竟然是岳飛咧求情。

「你這个岳元帥雖然是大英雄、大忠臣，毋過實在是傷過軟汫、傷過無路用！人已經共你害 kah 按呢悽慘落魄、家破人亡矣，你毋但毋知影通反抗，猶閣咧隨在伊欲刣欲割，猶閣咧替伊求情講好話，到底你是咧驚啥物？敢講伊 ê 拳頭母會比你較大粒！含彼箍啥物潲皇帝都無咧 tshap 你 ê 死活矣，你猶咧死忠伊一箍碗糕？就是有恁這款好人咧惜名聲，毋才會予彼種歹人咧 tshia-phuåh-píng！」

李貴心內愈想愈受氣，本底籐條頭攑懸懸就欲共 but 落去，後來想講閣按怎樣，岳飛猶是一个孝子忠臣，袂使對伊傷無禮。當咧躊躇 ê 時陣，hiông-hiông 伊 ê 頭殼頂一陣痛疼。

李貴規个人跔落來，頭殼疼 kah 強欲昏過去，攑頭一下看，原來是彼箍老奸臣秦仔檜。

毋是，毋是秦檜，是彼箍農會總幹事李進財，面腔歹 tshǹg-tshǹg，目珠凸 luî-luî，趁伊無注意，提一條椅頭仔共偷損……

七三水災彼冬，風颱大雨引起急水溪崩岸，除了少數較早播ê粟仔收有離以外，大部分ê攏予風雨搧搧倒、淹淹去，放佇田裡隨在伊爛去、出芽。

一開始，根本無人咧關心農民ê死活、無半隻胡蠅蠓仔行跤到。一直到報紙、新聞刊kah規大篇，報kah通人知矣，頂面才派幾个官員清采來搵一下仔豆油就離開矣。

後手，閣講著真好聽，政府一定會照顧咱ê農民。若攏無收ê，保證一甲地會補助偌濟拄偌濟；若是出芽ê，一百斤保證欲收購幾銀閣幾銀，根本攏是咧hâu-siâu hâu-tak。

實際上，規定一大拖，限制一大堆，真正是食米毋知影米價。補助款連肥料農藥錢都無夠，收購ê條件又閣真酷刑，連小可浸著水ê嘛共你當做出芽ê價數咧收，引起真濟農民ê不滿，包括李貴在內。

彼工，李貴透早就專工去農會欲去揣彼个主辦ê人理論。伊ê一寡粟仔明明都才浸淡薄仔雨水爾爾，曝焦以後佮正常ê品質攏仝款，是按怎負責ê人，攏共伊當做是出芽ê咧收購，兩項差欲一倍價？這分明就是欺人太甚、食人夠夠。

去到農會，內底ê服務小姐講主辦ê人猶未來上班，叫伊先踮膨椅遐坐咧等一下。李貴坐佇膨椅頂吹冷氣，雖然感覺真清爽，毋過心內卻是熱hut-hut，坐攏袂牢。

等規半晡，猶是無看著人，李貴ê火氣開始欲起磅矣。這時，hiông-hiông看著溪水仔對正手爿ê樓梯行落來。

溪水仔佮伊蹛仝庄，田園嘛做隔壁，做人古意老實又閣骨力拍拼，平常時仔人攏真樂暢、好笑神。毋過，今仔日看起來那會按呢憂頭結面，親像有啥物心事ê款？

「溪仔！那會遐gâu早，有啥物代誌，看起來按呢懶神懶神、無元無氣？」李貴出聲共相借問。

「啊都我彼區園進前想講欲共阮後生鬥khîng寡生理本，提來共農會抵押、借錢，本來是拍算這季「四月早」若收成，耀耀咧，就會當加減還淡薄仔，想袂到去tñg著這擺ê風颱大水，勿講趁錢，連本錢都攏去了了矣。欠農會ê毋但是母錢，連利息嘛還袂起。」溪水仔看著李貴，無奈吐一个大心氣。

溪仔ê後生，佮一大堆庄跤囡仔想法仝款，感覺留佇草地做穡，艱苦又閣趁無食，永遠都是無前途。一退伍就想欲去台北拍天下、趁大錢。溪仔苦勸無路用，只好隨在伊，連一寡sai-khia嘛攏予伊款款去。

「啊恁後ê敢講攏無加減提寡轉來鬥還？」李貴招溪水仔出去外口，提一支薰予伊。

「還一籤碗糕啦！伊家己青食都無夠矣，閣有通曝干來分阮？勿閣倒轉來連棺柴本攏挖了去，就謝天謝地矣。大都市ê生理敢有遐好做？台北人ê錢那有遐好趁？心肝較大天，伊掠準逐个攏會當親像王永慶遐才情、遐好空？」溪水仔吐一个大氣。

「按呢你有啥物拍算無？」李貴聽著嘛毋知欲閣加講啥。

「本來是想講欲來拜託進財仔參詳看覓，看敢會當先予咱寬按一暫仔，順紲閣借一寡仔來轉踅未？想袂到伊無代念逐个攏是厝邊隔壁，無欲借無打緊，閣共咱唱聲講時到若無還，就欲共我彼區園差押、拍賣，按呢，我規口灶是欲食啥？平平攏是仝庄ê，做人敢著遐酷刑？」溪水仔愈講愈怨感，目箍Suah反紅。

農會總幹事李進財，自細漢老爸就過身去矣，靠伊ê老母一方面做兩分外地穡，一方面四界去工地做小工，才有法度晟養個兄妹仔大漢。

論眞講來，進財仔嘛是誠可取、眞認眞，自國民學校開始，成績就攏前幾名，一直到考牢大學。這佇幾十冬前ê庄跤所在，算是眞奢颺ê代誌。

彼當時，伊ê老母見著人就歡頭喜面、喙笑目笑，行路攏有風；庄裡ê人嘛眞共呵咾佮欣羨，算起來，這嘛是地方ê光采佮驕傲。

大學出業了後，李進財去佇縣政府食頭路，一開始，tn̄g著人猶誠好禮、眞客氣。後來，聽講去交陪著啥物縣黨部佮省政府ê大人物，官愈做愈大，目頭煞愈來愈懸。頂一擺，農會選舉了後，伊就是靠這个關係，才有才調倒轉來鄉裡做總幹事。

李貴本來火氣就已經咧起磅矣，閣去聽著這款代誌，規个人性地全發作起來。這箍李仔進財，論眞算來，猶是李貴仝宗族ê後輩，愛叫伊一聲「叔仔」。當初時，進財仔ê老母手頭若無方便ê時，嘛有幾遍來共伊luí過錢。雖然後來有聽人咧講進財仔做人目頭懸，做官眞hiâu-pai，毋過，平常時相tn̄g頭，對伊猶是眞客氣，想袂到私底下會遐爾仔惡質。

「進財仔！你是咧膦蔓啥潲？」李貴起跤大步行翻頭，來到總幹事ê辦公室外口，一起跤，直接共門蹔予開。

「貴叔仔，gâu早！是發生啥代誌，那會遐受氣？」總幹事李進財拄好坐佇膨椅頂咧哈燒茶、看報紙。聽著碰一聲，閣看著李貴殺氣騰騰徛佇門跤口，無張持去驚一趒，對椅仔頂徛起來，好禮共相借問。

「我借問你一--下，咱農會敢講毋是咧替農民做代誌ê？咱農會ê錢敢講毋是農民趁來寄ê？若無阮這做穡人佇外口咧吹風曝日，恁敢有才調按呢宓佇內底咧哈燒茶、吹冷氣？」李貴氣phut-phut，大聲講。

「啊你是咧講啥物？我那會聽攏無？」李進財一時捎無寮仔門，毋知李貴透早入來侵門踏戶，是咧起啥物性地。

「溪水仔就是有困難毋才會來共恁借錢，若毋是因爲粟仔去予大水淹淹去，伊那會講刁工無欲還？你仝款嘛是散赤人出身ê，敢講毋知影無錢ê艱苦？伊干焦靠彼區田園咧食穿爾，若予恁查封去，你欲叫伊按怎活落去？做人敢著遐超過？」李貴青pōng白pōng、大聲搤喉。

「欠債還錢，無還拍賣，這是法律ê規定，也毋是我刁故意欲揣伊ê麻煩。何況，農會也毋是我開ê，我嘛是食人ê頭路，做人ê工課爾，總袂當叫我去做違法ê代誌，逐个若攏像伊按呢，我農會毋就愛倒店。」進財仔總算了解李貴ê意思，心內雖然無歡喜，喙裡猶是講著眞好聽。

「啊無是按怎規區園攏淹淹、流流去，才補助彼寡錢？勿講是還無肥料農藥錢，連買水食喙焦都無夠！是按怎小可去浸著水爾爾，攏共阮當做出芽ê咧收購？價數差偌濟你敢知？」李貴喘一口氣，換一个話題。

「補助ê金額是政府規定ê，收購ê標準是專家認定ê，毋是我會當主意ê，你毋知頭來尾去，按呢來遮大細聲，是咧歹啥物意思？」進財仔口氣愈來愈歹聽，面色愈來愈歹看。

「你咧共恁爸騙痟ê！煞毋知影恁農會攏咧變啥蠓？恁佮個生理人鬥空，刁工共好ê拍做穤ê咧收購，才閣用較懸ê價數去賣予生理人趁差額、公家分，掠準我攏毋知影？恁掠準阮做穡人攏毋捌字、攏是戇頭？你仝款嘛是做穡人出身ê，干焦會曉去共彼大官虎扶臟葩，就佇遮咧威王威帝，別人愛看你ê面色，恁爸才無咧共你hiù膦！」李貴愈講愈大聲，愈講火愈大。

「你講話就愛較客氣ê哦，我代念你是序大，無愛佮你傷計較，你毋通掠準我咧驚你哦！無証無據ê話若是捎咧按呢烏白講，敢講毋驚我告你？」進財仔面腔捋落來，話對鼻空噴出來。

李貴聽著袂堪得氣，人衝過去，倒手對李進財ê胸坎揌咧，正手唯伊ê喙啤搧落。李進財起手想欲回，毋過跤手無李貴ê緊，力頭嘛無伊ê飽，顛倒去予李貴揀一下倒siàng-hiànn，tǹg-lap坐佇塗跤。

彼當時，李貴已經欲倚六十矣，毋過力頭猶眞飽。伊天生漢草就粗勇，閣加上逐工佇田裡咧勞動，一袋粟仔百外斤重，雙手揈起來幌一下，就到肩胛頭，扛咧行嘛是涼勢涼勢爾爾；李進財年歲雖然才四十外，毋過人生做矮股矮股閣肥軟肥軟仔，自細漢毋捌做過粗重，規工屈佇辦公室咧納涼，暝時閣不時去咧交際應酬走酒攤，蹈一个樓梯就喘phēnnphēnn，那會是李貴ê對手。

進財仔驚一趒，順勢宓入去辦公桌仔跤，趕緊大聲喝救人。看伊一个面青sún-sún、規身軀phih-phih掣，有影是惡人無膽，會吠ê狗袂咬人。

「毋通啦！阿貴兄，毋通啦！」李貴向前欲共拖出來修理，無張持身軀後壁去予人拖牢咧，閣一直共拜託。李貴斡頭一下看，原來是溪水仔。

「你這隻戇牛，一世人戇戇仔拖、恬恬仔犁，做kah一身軀無肉無thu̍t，連按呢人都無欲放你煞，就欲共你掠去刣矣，干焦知吼、毋知走！」李貴愈想愈感慨，當咧躊躇ê時，hiông-hiông頭殼頂疼一下。

李貴規个人疼kah跔落來，強欲昏過去，斡頭一下看，原來是彼箍總幹事李仔進財。

毋著，毋是進財仔，是彼隻四跤仔臭警察——*Yamata*，面腔歹tshǹg-tshǹg、目珠凸luî-luî，趁伊無注意，提一條椅頭仔，對李貴ê頭殼頂損落……

彼冬，李貴才十六歲。

平常時共伊ê老爸鬥做穡，有閒ê空縫，閣走去會社做臨時ê農場工，加減趁寡所費。毋管做穡抑是做工倒轉來，伊頭一項代誌，就是趕緊共伊飼ê彼隻水牛公牽去庄外ê草埔仔食草，順紲踮溪仔裡予kō浴、sńg水。

聽伊ê老爸講，這隻牛當初時買轉來無偌久，伊就出世矣。佪兩个會使講是平濟歲，同齊生活，做伙大漢，感情嘛特別好，就那親像兄弟仔仝款。

這十外冬來，這隻牛逐工食草配蕃薯簽潘，身軀大kah眞正粗勇有力；這个李貴雖然嘛是逐工魚脯配蕃薯簽飯，體格仝款是勇kah一隻袂輸牛咧。

佪兩个毋但身材眞相仝，性地嘛差不多，骨力、耐操，倔強、衝動。

「爲著帝國ê光榮，爲著皇軍ê勝利，徵收這隻牛去勞動，這是你ê榮幸，猶有啥物意見？閣再囉嗦、反抗，就共你掠起來關！」彼工，李貴才下班，趕緊欲轉來牽牛去食草，遠遠，聽著厝內底有人咧冤家相罵ê聲。伊青狂從入去大廳，看著彼箍日本仔巡查--*Yamata*，用伊惡giâ-giâ、橫霸霸 ê口氣，咧罵伊ê老爸——蕃薯仔。

「大人仔！我規口灶攏靠這隻牛去共人犁田、載重咧食穿爾，你若共伊徵收去，我是欲按怎討趁？欲按怎生活？你就好心好幸同情咧。」蕃薯仔，裼赤跤、裼腹裼，干焦穿一領短褲tsáng仔，髖仔骨看現現。伊才對田裡轉來，規身軀攏漉糊糜仔猶未洗清氣。用輕聲細說ê哭調仔咧哀求，講kah強欲跪落去矣。房間口仔，李貴ê老母宓佇遐目屎流目屎滴，恬恬毋敢講半句話。

「幹恁娘！」看著這款情形，聽著這種代誌，李貴規个人風火齊熠，管伊是日本大人抑是日本天皇，啐一聲，向*Yamata*衝過去。

Yamata 當咧耀武揚威，想袂到這个時陣竟然會有人向伊從 - 過 -- 來，一時無注意，去予李貴撞一下 tǹg-lap 坐佇塗跤。李貴掗佇 *Yamata* ê 身軀頂，拳頭母對伊 ê 胸坎大力就共 bok 落。

「毋通啦！貴仔！毋通啦！」蕃薯仔驚一趒，趕緊對伊後生 ê 身軀後壁攬咧，一爿拖，一爿喝。

李貴斡頭看伊 ê 老爸，細粒籽 ê 體格、烏焦瘖 ê 身軀；皺 phé-phé ê 面肉、灰 tshàm 白 ê 頭毛，才四十出頭歲爾，看起來那會遐爾仔臭老？

自細漢，蕃薯仔就無爸無母，靠伊阿嬤 kâng 洗衫、煮飯，晟養伊，不時番薯籤湯配菜脯，三頓飯做一頓食，飼會大漢就已經是阿彌陀佛，神明有保庇矣。

才十歲足，蕃薯仔就去庄裡大好額人劉仔舍 ê 厝裡做苦力，雖然年歲比人較少歲，體格比人較細隻，毋過，伊比人較骨力、較勤儉。

伊沓沓仔賰一寡錢，先贌一塊園做。除了做家己 ê 穡，後手閣借錢買一隻牛，四界 kâng 鬥無閒，眞正是規年透冬，日也操、暝也拼，連透風落雨都無歇睏。就按呢拖磨一世人，總算才有才調 炁某生囝 hak 田園，過一个平凡 ê 生活。

想袂到，含這款簡單 ê 心願，也無法度維持；連唯一生活 ê 倚靠，嘛欲予人強奪去，予人害 kah 按呢弄家散宅矣，猶毋敢起來反抗。

李貴愈想心愈酸，當佇咧躊躇 ê 時陣，彼隻四跤仔已經 peh 起來矣，大聲罵大聲啐，紲落，起跤對李貴 ê 腹肚窟仔

tsàm 落去。

李貴予伊老爸攬牢咧無法度閃身，規个人連伊老爸做伙摔落塗跤。李貴 ê 身軀 tsa̍h 佇番薯仔 ê 頂面，hiông-hiông 頭殼疼一下，規个人強欲昏昏去，攑頭一下看，原來是彼隻四跤仔 *Yamata*。

毋是，毋是 *Yamata*，是彼箍老奸臣秦仔檜。面腔歹 tshǹg-tshǹg、目珠凸 luî-luî，提一條椅頭仔佇伊面頭前……

李貴看一下心肝凝規球，火氣齊爆發，袂輸起痟 ê 牛仝款，喝一聲，peh 起來，規个人殺氣騰騰。秦檜看著毋是勢，椅頭仔 piann 咧，斡頭趕緊走。李貴衝過去，出手就共 giú，秦檜 ê 衫褲破破去，喙鬚歪一爿，頭毛落 kah 規塗跤。

戲台頂，兩个人戰 kah 熱 phut-phut、喘 phēnn-phēnn；戲棚跤，眾人嘛看 kah 喙開開、霧 sà-sà。

「啊這馬是咧搬哪一齣 ê，那會看攏無？」

「自我會曉看戲到今，今仔日這棚，劇情上刺激、拍著上實在，無像以前按呢胡蠅舞屎飛，清采弄弄咧爾，起跤動手攏眞-眞，jîn-jîn，眞正有夠讚！」

「彼敢毋是咱庄裡 ê 李貴，那會走去咧客串演員？幹！毋成猴呢，閣袂顪頇哦，搬著不只仔自然。」

「毋著哦，彼看起來無成咧搬戲呢？那親像咧相拍較有影！」

「害啦，這聲慘矣！毋是咧搬戲，是李貴咧起痟啦！緊咧，趕緊去叫人！」

歌仔戲班ê班主佮打扮做秦檜ê演員，事後氣kah phut-phut跳。

個行過南北兩路、搬過幾仔百場，頭一擺去tn̄g著這款離譜ê代誌。兩个人姿勢徛眞懸、立場踏眞硬，放刁若無予個一个滿意ê交代，就欲對李貴提出傷害ê告訴，而且要求民事ê賠償。

佳哉，後來佇廟裡ê主委、爐主佮鄉裡ê議員、代表，猶有地方ê兄弟、角頭等等烏白兩道ê人士，同齊出面安搭，挲挲、撨撨咧。先佇萬里香酒家辦二桌仔腥臊ê酒菜好好仔共款待；紲落，叫幾个仔妖嬌ê查某款款仔來àn-nai；落尾，閣包一个仔厚厚ê紅包意思意思予䀐驚。

班主佮秦檜兩人，一來看佇神明ê面子佮眾人ê誠意；二來帶念李貴老人矣，一時ê衝動並無惡意。秦檜除了肩胛頭、尻脊骿猶有尻川顆小可烏青瘀血，皮肉傷以外，無啥物要緊，代誌就按呢煞煞去準拄好矣。

其實，走江湖ê人加減嘛知影：做人留一線，日後好相看ê道理。何況，閣按怎天大地大ê代誌，攏會慢慢仔過去，神嘛是照常愛繼續拜，戲嘛是仝款愛繼續做，日子當然嘛是愛繼續過。

不而過，行仔內ê人心內有數，加減攏會鬥相報，以後若是欲來這个地頭做戲、謝神、過生活，就愛特別ê細膩，搬演ê戲齣，就愛斟酌揀予好勢；搬戲ê時陣，嘛愛特別細膩，才袂閣再發生意外。

代誌雖然順利收煞，事後猶是佇庄仔內引起誠大ê風波。

有一段時間，無論是查甫、查某抑是老人、囝仔；毋管是大廟埕、店仔口抑是菜市仔、古井跤，見若有人ê所在，差不多攏是咧談論這項代誌。

「這个貴仔自少年就青番性，想袂到食老猶是攏無變，實在是有夠了然，笑破人ê喙。」天林伯仔代先出聲、開喙摳洗。

「俗語講：『做戲空看戲戇，恬恬看勿衝動』煞毋知影這是咧做戲爾，竟然共當做真ê？連按呢都分袂清，這个貴仔，真正是頭殼去予歹去矣。」金水叔仔一直tàm頭、綴咧贊聲。

「貴伯仔伊ê個性生成就較條直，熟似遐久矣，逐家嘛知影。伊ê人是有較歹性地，毋過毋是彼款歹鬥陣ê人，應該是一時衝動，無啥物歹意才對啦！」賣菜義仔看法無仝、替伊辯會。

「話袂使按呢講啦，明知影家己歹性地，就愛有tsām-tsat，好哩佳哉，王爺公有保庇呢，萬一若鬧出人命，看欲按怎？」刣豬童仔講kah比手劃刀，啼kah喙角全波。

「這箍貴仔嘛真好大膽呢？竟然敢佇王爺公ê面頭前，變這款戲齣，真正是毋知死活，敢講毋驚神明受氣？毋驚去受報應？」剃頭美仔宓喙宓舌，按呢咒懺。

「範勢這才是咱王爺公ê旨意，專工掠貴叔仔起童，利用這个機會來教示秦檜這種歹人嘛無一定。若無，好好一个人那會無代無誌，hiông-hiông起痟？」燒酒潭仔醉囥醉，想法上奇怪、看法上特別。

眾人十喙九尻川，看法無仝款，毋過大多數ê人，無分藍綠、毋管統獨，猶是有仝款ê共識，認爲李貴正港是食老咧起番顛矣，才會連做戲佮現實都分袂清楚。毋但按呢，聽講後來連記者嘛來咧採訪，新聞嘛有咧報導。李貴一世人佇這个庄跤所在出世、大漢、做穡、生活，想袂到食老煞變做出名ê人物，這嘛是予人料想袂到代誌。

這件轟動全庄ê代誌，論眞講來，可能干焦有兩个人無受著啥款ê影響。

一个就是李貴。平常時仔，伊照常逐工透早就牽牛出門，等到日頭落山才轉來。面頭前，無人食好膽藥仔敢去批評伊，尻川後，眾人欲按怎去講閒話伊完全攏無咧共神經。

做戲ê時，雖然袂當出門，伊就當作是咧透風落雨，自動放假關咧厝內，啉伊ê 燒酒、配伊ê土豆、聽伊ê *lajioh*、哼伊ê老歌，伊根本就無愛去看戲嘛無想欲惹是非，就算你用大轎來共請嘛扛袂行。

另外一个，就是咱ê王爺公。伊逐工仝款天光準時就開門，普通時仔，規日坐佇遐，看個善男信女逐工咧燒香、點火；接受大大細細不時來朝拜、祈求。一直到天暗才關門歇睏。鬧熱ê時，伊仝款恬恬看人做戲、唱歌，仝款攏無表示任何ê意見。

日子就按呢一工一工過去，到今已經過了十外冬矣。李貴這一、兩冬來因爲年歲濟、厚病疼，無法度閣出門做穡，大部分ê時間攏倒佇眠床頂。

有時陣，眠眠ê時陣，猶會去聽著廟埕傳來做戲ê鑼鼓聲。不而過，伊猶是一直無法度理解，是按怎神明那會愛看彼種戲，閣攏袂受氣，敢講是因爲得道成仙，所以修養特別好？抑是，伊根本就是一身無神ê柴頭尪仔？

（2012年台南文學獎台語小說佳作）

輔--ê ê 秘密

陳文平佮值星官黃世明排長，兩人徛佇連集合場邊仔，當咧觀看這梯次教召兵報到ê情形。hiông-hiông，一个烏衫烏褲、規身重孝ê教召兵，遠遠向伊行過來，陳文平心內有數，麻煩ê代誌來矣。

陳文平是三十五期第一梯次義務役ê預備軍官，佇衛武營擔任陸軍二〇三師一四六旅步八營步三連ê少尉輔導長。

衛武營是一个新兵訓練中心，基地主要ê任務是負責訓練拄才入伍ê菜鳥仔兵，猶有已經退伍，倒轉來接受教育召集訓練ê後備軍人。

一禮拜進前，師部落公文到所管轄ê各單位，要求連級以上ê主官佮主管，攏愛到師部參加這擺重要ê會議，步三連ê輔導長陳文平佮連長王建成嘛佇參加ê名單內底。

彼个時陣，原任ê總統蔣經國因爲長期ê糖尿病引發併發症過身去，爸仔囝兩人統治台灣將近五十冬ê蔣家政權，正式結束。由當時ê副總統李登輝接紲下一任，也是頭一个台灣人ê總統職務。

雖然李登輝接任總統是根據中華民國憲法ê規定，毋過，因爲長久以來，這部憲法就無受著執政者完全ê尊重佮實施，嘛無得著人民徹底ê支持佮信任，致使李登輝接任總統ê代誌，猶是佇台北政壇佮國民黨內部，引起袂少爭權奪位ê風聲佮明爭暗鬥ê陰謀。逐工，電視佮報紙吵kah熱phut-phut，害一般老百姓是聽kah霧sà-sà。

也就是因爲按呢，政府恐驚會引起社會動亂，影響經濟民生。對外，爲欲警告中國政府毋通輕舉妄動；對內，爲著安定台灣軍情民心，國防部宣布擴大舉行，年度漢光三號陸海空軍聯合實兵實彈砲火演習，除了現役ê三軍部隊以外，猶閣徵召編制內ê退伍軍人，做夥參加，規模非常ê龐大。

演習活動ê項目，大部分反空降、反登陸ê戰場，是佇台灣南部，高、屏彼箍圍仔海岸舉行。陳文平所屬ê第八軍團，佇所有參加演習ê部隊內底，擔任上主要ê角色佮任務，所以頂面非常重視這擺演習ê過程佮成果。

會議佇師部基地ê所在，屏東龍泉營區盛大召開。除了師部所管轄各單位主要ê參謀、後勤人員，猶有各訓練、戰鬥部隊ê主官、主管，總共將近一百人參加。軍團司令黃志強中將親身到位，共所有參與ê人員精神講話：

「我們軍人，受到人民的栽培跟國家的照顧，應該要有堅定的責任心跟高度的榮譽感，特別是在此政局不安的時刻，面對兇狠頑強的匪軍，更要有堅定的敵我意識，以及犧牲自我的決心，來保衛人民的生命跟國家的安全！」黃志強漢草生做粗勇大欉，講話大聲、丹田有力。

「效忠國家元首！消滅萬惡共匪！三民主義萬歲！中華民國萬歲！」會議佇黃司令激動ê口號佮眾人熱烈ê喊喝之

下，順利進行、圓滿結束。演習過無偌久，就聽著伊升做上將，閣擔任陸軍總司令ê消息。

諷刺ê是，幾冬後，陳文平已經退伍，倒轉去學校教冊ê某一工，無張持佇電視內底看著新聞報導，一群退休ê中華民國國軍高級將領，佇前陸軍總司令黃志強上將ê帶領之下，去到中國大陸，佮對方ê人民解放軍，展開兩岸和平友好聯誼交流活動……

「國軍與共軍都是中國軍！台灣與大陸都是中國人！」陳文平一下仔就認出黃上將ê身影，身材仝款ê粗勇大欉，丹田仝款ê有力大聲，不而過，講話ê內容，佮以前完全無仝款。

規个會議過程，除了黃志強司令精彩ê演出佮各部門ê業務報告以外，師長特別交代，這擺ê任務有較特殊，絕對袂使有任何ê差錯。

演習視同作戰，教召視同現役！，這段期間，各連隊ê軍士官兵一律不准歇假，若有特別原因必需請假，時間上濟以一日爲原則，並且愛經過營長ê允准才會使得。想袂到才報到ê頭一工，就有人欲來請假。

「報…報告，你敢…敢是輔-ê hōnn？」教召兵來到陳文平ê面頭前，行禮了後，按呢問。

「我就是，有啥物代誌？」陳文平回禮共應。

「我…我欲請假！」教召兵手裡提幾張資料，交予陳文平。

教召兵叫做黃金生，高雄茄萣人，人生做細漢細漢、痟巴痟巴，規身軀予日頭曝kah烏金烏金，講話又閣小可大舌大舌。

原來，接著教育召集令，報到前幾工，伊ê老爸就來破病過身去矣。厝裡無兄無弟、無某無猴，除了伊咧討海趁食以外，猶有一个中風半身不遂ê老母佮一个智能不足ê小妹，攏靠伊咧照顧、食穿。

伊ê老爸過幾工就欲出山矣，所有喪事lî-lî khok-khok ê代誌，攏愛伊一人去發落，所以一報到，就趕緊來揣連輔導長陳文平欲請假。

「你那會無事先共鄉公所負責ê人申請緩召？」陳文平斟酌共黃金生交予伊ê資料看過一遍，內底有病院開ê死亡證明佮村長出ê清寒證明。

「報…報告，有…有啊，公…公所ê人講…講…」黃金生一下緊張，講話愈大舌。

「你毋免閣報告矣，話沓沓仔講就好，勿緊張。」陳文平看伊按呢，趕緊共安慰。

「報…，公…公所ê人講，講…先來報到以後，才…才共單位請…請假就好矣。」黃金生總算共意思講清楚。

「平常時是按呢無毋著，毋過這擺ê情形有較特別，因為是tn̄g著重大演習ê關係，頂面規定，上濟干焦會當請一工假爾爾。」陳文平耐心共黃金生解釋清楚。

「一…一工，那有夠？」黃金生對陳文平ê回答感覺淡薄仔意外。

「你拍算愛請幾工才有夠？」陳文平聽會出黃金生ê失望。

「上無…上無嘛愛三…三工！」黃金生總算講出伊ê意見。

黃金生講ê是實在話，這款代誌陳文平家己嘛捌tn̄g過。三冬前，伊ê老爸因爲車禍意外過身去。咱台灣人ê風俗，厝裡無論好額散，辦一个喪事，包括法事、拜飯、做旬、出山、入土…等等有ê無ê，前前後後，上少嘛愛規禮拜ê時間。何況，黃金生是厝裡唯一ê孝男，事事項項攏愛靠伊家己發落，三工嘛無一定有夠，何況是一工？

按照軍中ê制度，輔導長ê 工課內底，其中有一項，就是負責處理阿兵哥日常生活ê困難。以前若是tn̄g著這種代誌，陳文平只要佇假單頂面簽名tǹg印仔，閣送去予連長批准就會使矣。毋過，這擺無仝款，伊無權力准假，照理講，這嘛毋是伊ê責任。

是講，看黃金生彼款無法度ê表情，伊實在毋好勢共拒絕，孤不二衷，陳文平悉黃金生到連長室，向連長報告這項代誌。

「報告連長！」陳文平共黃金生ê情形，詳細報告講予連長知影，請示伊ê看法。

連長王建成中尉，屏東內埔人，陸軍官校五十期正期班砲科畢業，做代誌有夠鋩鋩角角，做人嘛小可龜龜毛毛，不而過，猶算是一个正派、明理ê人。

聽講伊當初時大學聯考考牢私立大學，因爲厝裡做穡、生活散赤，猶有幾个小弟小妹欲讀冊，無愛予爸母增加負擔，所以才無奈放棄大學，改讀公費ê軍校。

毋知是毋是因爲這个緣故，予伊ê心內無啥平衡，平常時對連上一般ê大專兵抑是預官排長，攏無好面色，不時予伊釘kah親像臭頭雞仔，干焦對陳文平誠客氣，這可能佮伊ê小妹拄好是陳文平讀師範大學時陣ê學妹有關係。

「伊ê情形，我會當理解，嘛眞同情，毋過，頂禮拜你才佮我同齊去師部開過會爾，你嘛知影師長ê要求佮規定，咱干焦會當服從頂頭ê命令。」聽煞陳文平ê報告，王建中按呢回答，意思明白、口氣堅定，面頂無任何ê表情。

「伊ê問題有較特殊，是毋是會當特別處理？」陳文平猶咧想辦法說服王建成。

「這擺欲請假，攏愛經過營長ê同意才會使得，我嘛無權力通允准，無你敢欲去請示營長看覓？」王建成ê態度放較落軟。是講，伊講ê無毋著，伊有伊ê立場，袂當予爲難。

陳文平對連長室出來，感覺眞頭疼。個步八營ê營長吳貴宏中校，是全部隊上出名、歹剃頭ê人物。伊有一个外號，叫做「龜仔宏」，佮步七營ê營長馬尙德、步九營ê營長朱正國，合稱一四六旅「三獸」。不而過，這个「獸」毋是彼種驍勇無敵、能征善戰ê「猛獸」，是三隻耀武揚威、專門食人ê「禽獸」。其中，吳貴宏閣較特別匪類。

吳貴宏長期以來，食錢、啉酒、搏筊、飼查某ê空頭，是規个八營通人知ê代誌。毋但是假日，連平常時仔嘛定定走kah無看人影。若無，就不時啉kah毋知人；精神ê時陣，磕未著就發性地，差不多規營ê大大細細、軍士官兵攏予伊罵透透。私底下，逐家攏king-thé講：「甘願去tn̄g著『鬼』，無愛去看著『龜』。」

會記得舊年年底，吳貴宏又閣啉kah醉茫茫，三更半暝才倒轉來營區。毋知是按怎，無欲去歇睏，開始起酒痟。

暗時十二點外，全營五个連ê軍士官兵，hiông-hiông攏接著營部戰情官ê命令：「所有ê人，十分鐘內，全副武裝到營集合場集合完畢，營長欲點名！」

十分鐘後，全營到齊，營值星官共部隊整理好勢，入去營長室報告。十分鐘、三十分鐘、一點鐘過--去，猶是等無營長出--來，所有ê人就按呢，佇半暝一點、溫度十度ê營集合場罰徛。

「部隊解散！各自帶回！」營值星官忍袂牢，閣入去請示，出來了後，輕輕仔喝一聲，無講任何理由。

「營部又閣通知，所有ê人，五分鐘內，營集合場緊急集合」。眾人沿路行、沿路譙，拖著沉重ê跤步，才倒轉來到連部ê門跤口，値班ê安全士官拄好青狂tsông-出--來。

當眾人趕緊走轉來營部ê時陣，吳貴宏已經撐佇籐椅頂，一身軀臭酒味，規个面紅kòng-kòng，對全營ê人開始罵，開始啐……

陳文平一直感覺足奇怪，毋是講咱軍隊就親像是一个大家庭？毋是講咱軍士官兵攏是家己ê同袍兄弟？那有人三不五時、開喙合喙，就是咧啐家己兄弟ê老母ê？尤其是長官對部下，這款公然ê侮辱，做部下ê人，那有可能口服心服？按呢是欲按怎來「精誠團結」？是欲按怎去「消滅共匪」？這是啥物惡質ê軍隊文化？

想起吳貴宏，陳文平一直幌頭，想欲歸氣共黃金生講，伊實在是無法度共鬥相共。毋過，看著黃金生彼款無辜ê眼神，心肝又閣放落軟，吐一个大氣，向營部ê所在行去。

陳文平先到營輔導長室揣伊直屬ê頂司營輔導長。揣營輔導長毋是欲拜託伊，伊明知影這是加了時間ê爾，根本無路用。毋過，按照制度，陳文平先愛共伊報備一下較好勢。

營輔導長藍紹伯少校，政戰學校正期班四十八期新聞系畢業。

做過兵ê人差不多攏知影，政戰人員是專門負責部隊ê組織佮情治ê任務，予人ê感覺，通常是神祕、陰沉、甚至奸詐ê印象，也就是一般所講ê「抓扒仔」。

毋知是按怎，藍紹伯完全顛倒反。伊溫呑、lám-nuā又閣散形，啥物代誌攏tènn做毋知影，啥物情形攏放咧無欲管，規身軀，除了彼su衫褲以外，實在看袂出來伊是一个職業軍人；除了領仔頂彼个軍種符號，更加看袂出伊是一个政戰軍官。眞正有影是一隻規工食肥肥，kik-thuî-thuî；食飽飽，等放假ê米蟲。

照理講，伊是吳貴宏以下，全營地位排第二坎ê人物。實際上，含上細尾ê大頭兵都看伊無現。私底下，眾人攏鄙相伊號做：「膦鳥伯仔」，嘛有人用華語摳洗伊：「爛掃把」。是講，你只要勿當伊ê面頭前講，伊就算知影，嘛是當做無代誌。伊上大好處就是無性無地、無攬無拈，袂去揣人ê麻煩。對伊手下ê 五个連輔導長，尤其無大無細，親像兄弟仔仝款。

伊佮營長吳貴宏，眞正拄好是極端ê一擔頭。奇怪ê是，吳貴宏完全毋捌去管過伊，毋知是有啥物空仔縫仔佇伊手裡，抑是根本早就對伊感心、看破？

「我才泡一鈷好茶爾，你隨知影，眞正好鼻師？來！讚ê喔，正港彼爿過來，陳年ê臭殕茶。」藍紹伯上大ê興趣就是泡茶sńg茶鈷，看陳文平入來，趕緊斟一甌提予伊。

「輔-ê，我毋是來啉茶ê，是欲來請假ê啦！」陳文平共黃金生ê代誌簡單講一遍予藍紹伯聽。

「一工就好矣，敢講無夠用？」藍紹伯一爿看起來無心無情聽陳文平咧說明，一爿提一tè鹿仔皮斟酌咧拭伊彼个寶貝茶鈷。

「幹！就算恁兜無死過人，嘛捌看過人咧辦喪事，一工那有夠？」陳文平看伊按呢無要無緊，干焦會當啐佇心肝內。

陳文平猶會記得，當初考入去大學一年ê時陣，系裡ê學長就來苦勸伊加入國民黨。

學長講，入黨對咱以後欲做公教人員ê人，較有好處。陳文平彼時猶無啥物政治意識，就聽學長ê話，申請入黨。到大學四年ê下學期，準備欲參加預備軍官考試ê時陣，竟然閣有眞濟查甫學生加入國民黨，因爲逐家攏知影，入黨才有機會錄取較輕鬆ê政戰官科。若無，就算你ê成績閣較好，嘛只有去做步兵排長ê機會。後來放榜ê結果，眞正是按呢。

大學畢業，入伍ê時陣，陳文平先佇政戰學校接受三个月ê基礎教育佮訓練；落部隊了後，一冬外來一直佇基層連隊擔任輔導長ê職務，一方面愛面對無仝個性頂司，一方面接觸各種背景ê部下。這段時間，伊深深感覺，雖然政戰人員有伊顧人怨ê一面，毋過嘛是有伊有路用ê所在。

伊是義務役ê預官，照理講時間一到，就退伍矣，無法度升官嘛無機會發財。就親像一般ê老兵所講ê：「做兵是咧做交代ê，毋是咧做信用ê。」準講，伊看袂起有ê職業軍人，爲伊家己ê前途，去出賣別人ê利益。毋過，伊嘛無愛親像營-輔--ê按呢，食飽、等死、做米蟲。該伊ê工課，伊愛去承擔；該伊ê責任，伊無欲逃避，伊天生gê-siâu惡勢力，同情弱勢者。

陳文平佮藍紹伯了後，過去問營部人事官，知影吳貴宏現此時人拄好佇營長室，吩咐黃金生留佇外口等候，家己入去見營長。

「報告營長！三連輔導長陳文平有代誌請示。」陳文平直直徛佇吳貴宏ê面頭前行禮。

「嗯？」吳貴宏身軀撐佇籐椅，雙跤架佇桌頂，目珠sau-bui sau-bui，親像才睏起來ê款。

「我ê連裡有一个教召兵，最近因爲老爸不幸過身，厝裡趕緊咧辦喪事，想欲請假。」陳文平共相關ê資料囥佇吳貴宏ê辦公桌頂。

「按照規定請假，上濟一工。」吳貴宏資料連看嘛無看，直接指示。

「報告營長！一工無夠，需要三工……」陳文平趕緊共

黃金生ê情形向吳貴宏說明

「他媽的！演習視同作戰，你這个輔導長敢講毋知影？一但發生戰爭，厝攏無矣，人攏死了，猶有啥物時間佮心情請啥物喪假、辦啥物喪事？」吳貴宏無等陳文平講了，大聲就共喝。

「雖然演習視同作戰，毋過，到底毋是真正咧戰爭，法律嘛愛兼顧人情……」陳文平猶毋死心，想欲進一步解釋。

「操你媽個屄！你白痴啊？這是命令！你聽無啊？閣再囉唆，我連一工攏毋准，共我出去！」吳貴宏掠狂、出手共資料向陳文平擲過去，散掖掖落kah規塗跤，一个人目珠青gîn-gîn、面色惡giâ-giâ，那親像欲共陳文平拆食落腹仝款。

陳文平無奈離開營長室，外口營部ê人員照常來來去去，感覺真自然，袂輸一點仔攏無代誌發生仝款，應該是早就慣勢、麻痺矣。干焦黃金生徛佇門口，聽kah面仔白死殺，可能是去予驚著ê款。

「幹！龜仔宏，你做營長是咧hiâu-pai啥潲？以後退伍，路頭路尾，勿去予恁爸拄著！干焦會曉牛稠內惡牛母，敢有才調去共阿共仔相戰？我看猶未出門，一銃就先予家己ê人拍拍死矣！」陳文平感覺足袂爽快，心內沿路想、沿路啐，沿路行倒轉去連部。

「輔…輔--ê，歹…歹勢啦！」黃金生恬恬綴佇陳文平ê尻川後，害陳文平爲伊ê代誌，去予吳貴宏糟蹋，伊感覺真失禮。

「你有啥物拍算？」行到半中途，經過訓練場路邊，陳文平 hiông-hiông 停-落--來，斡頭問黃金生。

「啥…啥物？」黃金生一路戇神戇神，無斟酌咧聽陳文平咧講話，一時聽無清楚伊咧問啥物。

「請假ê代誌，拄才營長起痟 ê情形，你嘛有看著，毋是我無通共你鬥跤手，眞正是無法度。」陳文平揣一个所在坐落來，先抽一支寶島ê薰，家己點乎熗，才閣提一支予黃金生。紲落，大力 suh 一喙，才匀匀共煙歕-出--來，那親像欲共規腹肚內ê火氣佮鬱卒做夥吐-出--來。

陳文平本底無食薰，落部隊ê時，聽學長ê經驗：「薰是佮部下溝通，上方便、有效ê橋樑。」伊才開始有食。軍中配給ê是長壽ê，傷厚，伊食袂慣勢，攏送予其他ê阿兵哥，伊教合意寶島ê口味。

「多…多謝！」黃金生趕緊共薰接過來，仝款是大力 suh 一下，毋知是毋是欲共所有ê無奈佮委屈攏總吞落去？

「干焦會當請一工假，你有啥物拍算？」陳文平共薰頭踏乎 hua。

「逃兵！」黃金生頭 tàm-tàm 無出聲，過一下仔，hiông-hiông 喝一句，大聲閣無跳針。

「啥…啥物？你講啥物？」這遍煞換陳文平變大舌。

「逃兵！袂當請假，只好逃兵！」黃金生 suh 一喙薰，出力共薰頭擲落塗跤，火金星仔 sih 咧 sih 咧，親像怒火咧抗議。

「逃兵？你毋通烏白來呢，hông 掠著欲按怎？至少關兩、三冬呢，那會合？你ê老母佮小妹欲寄啥人飼？」做兵將近欲兩冬，陳文平捌聽過有人因爲袂堪著艱苦逃兵，嘛有看過新兵因爲忍袂牢老兵欺負逃兵，頭一擺tn̄g著受訓一个月ê教召兵，因爲請假ê代誌欲逃兵，伊感覺眞離譜嘛誠悲哀，趕緊共後果ê嚴重性講-出--來。

「逼著矣，我就佮伊拼，啊無欲按怎？阮老爸敢會當無人送？敢會當無人埋？」黃金生愈講愈激動、愈講愈受氣，目屎強欲淪落來。

陳文平閣提薰欲予伊，黃金生趕緊提家己ê長壽ê出來，先敬陳文平，家己才閣點一支，兩个人就佇訓練場恬恬仔食薰……

「你先勿著急，我才閣替你想看有其他ê辦法無？」陳文平吐一口氣，擛頭看對連部ê方向去，已經是食暗頓ê時間矣，毋過規个腹肚tuh牢咧，攏袂感覺會枵。伊一个心肝亂糟糟，毋知欲按怎？干焦會當先空喙薄舌，安搭黃金生。

倒轉去連上，陳文平拄好tn̄g著好朋友李明哲來揣伊，伊叫黃金生勿煩惱，先去食飯，伊會替伊想辦法。紲落，悉李明哲做夥行去軍官餐廳。

李明哲是陳文平大學ê同窗兼室友，連佇北投復興崗政戰學校受訓ê時陣，嘛拄好睏頂下舖。落部隊ê時，李明哲分發到二〇三師師部擔任政戰官，兩人誠有緣分，會使講是熟似誠久ê老朋友。

這段時間，因爲二〇三師有幾个單位，負責接訓教召ê任務，李明哲佮師部ê長官，專工做夥落來衛武營，視察各單位準備ê狀況，順這个機會，撥工來揣陳文平。

「tn̄g著你眞拄好，你人佇師部，敢會當替我問看覓，看有啥物辦法無？」陳文平共黃金生ê代誌，講予李明哲知影。

「你已經盡力矣，勿加管閒事敢好？」李明哲知影陳文平愛打抱不平ê個性，驚伊加惹是非，按呢共苦勸。

「見死不救，我會良心不安，你就看我ê面子，予我拜託一下？」陳文平猶是毋放棄。

「好啦！好啦！我來想辦法，今暗轉去傷晏矣，明仔再才等我ê電話。」李明哲看陳文平遐爾堅持，無法度，只好答應。

彼暝，欲歇睏進前，陳文平閣共黃金生叫來辦公室，共伊講請假ê代誌，已經拜託朋友去處理矣，明仔再就會有結果，毋免過頭煩惱。另外，交代値班ê安全士官，愛特別注意黃金生ê舉止行動，毋通去乎偷走出去。

陳文平家己倒佇眠床頂，翻來翻去、睏袂落眠。黃金生是一个老實古意ê庄跤人，接著教育召集令，共喪事囥咧，先來完成報到ê手續，伊按呢做已經是盡著國民ê義務，嘛對得起這个國家矣。今仔日，若是因爲演習ê規定，袂當予伊請假轉去，實在無夠情理，按呢，是咱軍隊傷過拗蠻，是咱政府對袂起--人，萬一害伊逃兵，看欲按怎？向望明仔載，李明哲會有好消息……

「同學！無法度啦，你害我予人罵kah強欲臭頭去。」隔工早起，李明哲就khà電話來予陳文平，當等一暝，猶是等著歹消息。

「啊好矣，既然你這箍少將無擔當，就換我這个少尉來做主！」陳文平聽一下，性地夯-起--來，即時去揣連長參詳。

「我知影演習視同作戰ê規定，我嘛了解，今仔日，假使若是眞正發生戰爭，一大堆人攏家破人亡矣，那有彼款時間佮心情去請喪假、辦喪事ê道理。問題是，實際上現此時並無戰爭發生。將心比心，換咱是黃金生伊ê立場，因爲一个軍事演習，袂當轉去發落老爸ê後事，咱是毋是會一世人遺憾、怨嘆？」陳文平一口氣共心內ê話攏講講出來。

「你講ê道理我了解，問題是，你過幾个月就會當退伍矣，我愛閣佇遮幾十冬，萬一若出代誌……」王建成話無講了，陳文平已經聽有伊ê意思。

王建成佮陳文平無仝款，伊是志願役ê職業軍人，做官就是伊ê事業，萬一出啥物差錯，攏會影響伊未來ê前途，伊當然無可能違反規定，爲一个無熟無似、無關無係ê教召兵去冒險，這點陳文平會當理解。

「按呢啦！這項代誌你就當做毋知影，予我專權來處理，萬一若是出啥物問題，我保證全部擔-起--來，絕對袂去連累你。」陳文平毋知是去食著啥物好膽藥仔，共王建成講出伊ê想法。

「你……」王建成想袂到平常時誠溫和ê陳文平竟然會遐堅持，恬恬想一下仔，tàm頭無講話。

離開連長室，陳文平即時共黃金生叫來伊ê辦公室，吩咐伊無論啥物代誌，千萬攏毋通去共別人講，趕緊去款物件，伊欲准伊三工假，等咧，順紲炁伊出營門。

按照營區ê規定，軍官會當自由出入大門，士官兵就愛檢查證件佮假單，若是軍官炁士官兵做夥出入，一般ê衛兵攏會尊重軍官，袂去爲難鬥陣ê士官兵。

陳文平佇衛武營一冬外矣，佮大門口ê衛兵攏眞熟似，看著伊炁人欲出去，無加講話，直接行禮就放人矣。

「今仔日拜二，你上慢拜五中晝進前愛轉來！」陳文平炁黃金生出去到營門外，吩咐伊三工後倒轉來ê時，一定愛先khà電話予伊，到時，伊會親身來炁伊入去，按呢，衛兵才袂揣伊ê麻煩。

交代了後，看黃金生坐車離開，陳文平吐一个大氣，代誌總算處理好勢，希望毋通出啥物差錯才好。

黃金生離開ê第三工暗暝，連上暗點名結束，眾人攏準備欲歇睏矣，陳文平hiông-hiông接著黃金生ê電話，講伊人已經轉來矣，這馬佇營區門口附近ê檳榔擔咧等伊。

「奇怪？這箍黃金生應該是明仔再才收假，那會提早轉來？到底又閣發生啥物代誌？」陳文平趕緊換衫出去，沿路行、沿路想。

原來，第三工下晡，黃金生送伊ê老爸上山頭以後，擔心陳文平去予伊連累著，先共重要ê代誌趕緊發落好勢，彼暝就提早趕轉來矣。

陳文平炁黃金生轉來連上，叫伊先去歇睏。看連長室燈火猶光光，順紲去共王建成報告。兩人當咧講話ê時陣，安全士官青青狂狂走來報告，原來是接著營部ê通知，十分鐘後，全連所有人員佇連集合場緊急集合完畢，公差勤務一律暫停，師長親身欲來點名。

「一等兵機槍手黃金生？」

「有！」

當師長賀慶華少將點著黃金生ê名，陳文平用目尾偷看徛佇伊邊仔ê連長王建成，發覺王建成嘛仝款咧偷看伊，二个人目光相接彼時，陳文平感覺規个人起一陣ka-lún-sún，一身軀ê凊汗攏拼出來。

一个月ê教育召集訓練，總算平安、圓滿結束。差不多一禮拜後，陳文平接著營區門口衛兵ê通知，有人佇會客室等欲揣伊面會。

陳文平感覺眞奇怪，做兵將近兩冬，已經是欲退伍ê老鳥矣，這个時陣，那閣會有人來面會？行到門口邊仔ê會客室一下看，想袂到，原來是伊——黃金生。

「輔…輔-ê！你好，誠久無…無看。」黃金生看著陳文平行入來，人笑微微，趕緊對椅仔頂徛起來共行禮。

「你那會有閒來遮？」陳文平感覺淡薄仔意外。

「啊…啊最近歇睏，想講來…來共你看一下。」黃金生正手提一pî烏魚子，倒手揹一khé仔果子，做夥交予陳文平。

「你來就好矣，那著遐工夫。」陳文平毋捌tīng過這款代誌，感覺袂慣勢。

「輔…輔-ê多謝你，我這…這世人攏會…會記得你ê恩情！」黃金生無張無持，雙跤hiông-hiông跪落去。

「毋通！你毋通按呢！」陳文平驚一趒，無想著黃金生會行這款大禮，趕緊共伊摸-起--來。

黃金生倒轉去以後，陳文平心內感覺眞歡喜，總算佇伊擔任輔導長ê任內，做一項有意義ê代誌。

原本，伊才想講這ê秘密，就按呢有驚無險，順事過去矣。無疑誤終其尾，代誌猶是來煏空，有人將陳文平偷放黃金生歇假ê代誌，去共頂面密告。

隔轉工，藍紹伯khà電話予陳文平，叫伊即時過去營部報到，聽口氣，陳文平就知影代誌大條矣。

「你眞大膽呢！敢違反規定？這馬代誌出槌矣，看你欲按怎交代？」藍紹伯看著伊，頭一擺遐受氣咧講話。毋過，手裡仝款是提伊彼个ê寶貝茶鈷斟酌咧保養。

「啥物代誌？」陳文平明知影，猶是刁工問。

「啥物代誌？你想講偷偷仔共教召兵放假出去無人會知？你政-戰--ê咧做假ê哦？你愛有心理準備，老大ê做人，你嘛知影……」藍紹伯手比對營長室ê方向。

「你敢有熟似頂頭彼種較大粒、上好是有發角ê人？」藍紹伯看陳文平無講話，開喙閣問一句。

「啥物有發角ê？」陳文平gāng一下，聽無藍紹伯ê意思。

「幹！煞毋知影像天頂彼款有發角ê星？」原來藍紹伯是問伊有熟似啥物大官抑是將軍通好討救兵無？

「無呢！我ê親情朋友，可能是我ê官做上大矣！」陳文平想著好笑，伊一个南部庄跤大漢ê做田囡仔，那有可能有這種關係，看來這遍伊前途眞正黯淡無光矣。

藍紹伯雖然毋是一个好ê軍人，毋過基本上，猶算是一个好人，這一冬外來ê做夥，陳文平相信藍紹伯袂去陷害伊才著，出賣伊ê應該是別人。當然，藍紹伯嘛無可能去共伊鬥出跤手，這件代誌，伊家己愛去面對，面對吳貴宏這關。想著彼隻魔頭，陳文平規个心情攏沉重起來。

雞卵較密也有縫，何況是軍中這種明ê、暗ê，四界攏有抓扒仔咧查探、監視ê所在？政戰出身ê陳文平那會毋知影。伊早就有心理準備，並無感覺意外。不而過，代誌眞正發生ê時，猶是加減會煩惱。

進前，放黃金生出去ê時，伊就有想過後果矣。伊是義務役ê預備軍官，時間一到，就退伍矣，伊袂升官、發財，嘛毋驚記過、調職，這對伊攏無啥物影響，唯一擔心ê是——軍法……吳貴宏敢會做遐絕？

天公伯仔總算猶有目珠，佇陳文平當咧擔心吳貴宏欲按怎出手對付伊ê時陣，營部彼爿傳來一个大消息：吳貴宏出代誌矣！

進前，吳貴宏為非糝做、oo-lóo-bo̍k-tsè ê行為，頂面早就咧注意、調查矣，這擺教召期間，伊閣公然「食兵」、「賣假」。

也就是一方面，接受教召兵ê招待，利用暗時仔，偷走出去外口啉燒酒、開查某；另外一方面，接受教召兵ê烏se，私底下，偷放人出去歇假。結果去予師部政三ê監察官查kah一清二楚，證據充分，連早前偷食公款、包飼查某ê空縫，做夥算數，最後撤職收押、移送法辦。這件代誌嘛自按呢，無人過問、準拄好去。

兩个月後，陳文平總算等著退伍令，簡單共行李款好勢，即時離開營區，這个關禁伊將近欲兩冬，無形ê監獄。

（2013年教育部母語文學獎台語小說第一名）

師生

經過相連紲幾仔工ê交成績、比分數、排名次、塡志願等等，所謂公平、公正、公開ê程序，代誌總算到一个坎站，陳文平確定分發到台北縣山仔跤ê正義國中，擔任未來一冬ê實習老師。

山仔跤佇台北縣欲倚近桃園，一个較郊區ê所在；正義國中是一間學生素質無外懸、升學率無啥好ê學校，佇一般師範生ê心目中，這毋是一个裡想ê選擇，是講，陳文平完全無要意。

其實，若是按照成績，伊應該是有機會分發到市內比較好ê學校，毋過伊放棄矣。一來是伊對都市ê生活一直攏過袂慣勢，想欲改變一下仔無仝ê環境，庄跤所在比較清靜；二來是伊無想欲一直留佇北部，以後若有機會，希望會當倒轉去南部ê故鄉，才一冬實習教學ê時間爾爾，去佗位攏無啥差，所以伊就自動共志願塡較後壁。

想起這段時間，仝班ê同學，有ê人爲著會當入去市內較好ê學校，佇遐咧用心計較，甚至歹面相看，共四冬ê感情拍歹了了，感覺眞毋値。

接著縣政府ê公文，陳文平遵照教育局ê規定，準時下晡兩點去到正義國中報到，除了伊以外，仝梯ê同事，猶有其他三个別科ê實習老師。

四个人先到人事室見過人事主任，人事主任王茂雄看起來差不多五十出頭歲，生做矮肥矮肥、福相福相，見著人，喙仔笑咳咳，眞好禮嘛誠客氣，感覺無像一般印象中古板ê公務員，顚倒較成社會上彼款老練ê生理人。

塡寫基本資料、完成報到手續了後，王主任即時悉個四个人去校長室邊仔ê會議室，聽候校長ê召見。

「校長臨時有重要ê公務咧開會，人猶閣佇外口趕袂轉來，麻煩逐家小可等一下。」眾人來到會議室，校長秘書趕緊過來探頭按呢講，了後就無看人矣。

「歹勢，我嘛有其他ê代誌欲處理，愛先離開，等咧才閣過來。」紲落，王主任嘛會一下失禮，人就做伊去矣，留個四个人佇會議室戇戇相向。

其實，這時ê陳文平早就有心理準備矣。進前，分發結果出來無偌久，就有聽過以前畢業ê學長咧提醒伊：「正義國中彼箍校長眞歹空、對學校ê老師態度無通好，尤其是誠愛揣實習老師ê麻煩，以前猶有人ê實習分數去予拍無及格，你著愛較細膩咧！」。

校長劉志武，聽講是對部隊出身，轉落來學校ê軍人。到底是按怎，軍人那會變做校長，伊嘛毋知影。毋過，佇彼个猶是威權體制、戒嚴統治ê八十年代，軍人啥物所在嘛攏有，啥物代誌攏嘛會，這是誠普遍、眞正常ê情形，無啥物通好奇怪。

不而過，伊校長嘛做誠久矣，軍人ê本性，原在無改。毋但共學校當做部隊咧管理，將學生當做兵仔咧訓練，甚至共教、職、員、工，攏當做部下咧差教。

除了「歹性地」以外，劉志武猶有一个特色，就是「好喙斗」。伊啥物攏欲食、啥物攏無嫌。對福利社ê便當食到回收場ê潘桶；唯體育館ê天pông食到會議室ê地枋。

一个無財無產ê外省兵仔、一个薪水固定ê國中校長，食kah竟然有法度徛家蹛透天ê別莊、出門駛進口ê轎車。所以私底下，伊有一个規間學校，甚至全部ê山仔跤，通人知ê外號，叫做「老豬母」。

是講歹bóng歹、食kan食，毋知是後壁ê靠山有夠硬，抑是頂懸ê關係傷過好，除了有時陣，伊厝裡ê牆仔會去hông噴漆、轎車ê輪仔有去hông漏風以外，毋捌聽過伊有出過啥物大代誌。

眾人佇會議室等欲誠點鐘久，時間已經下晡三點外矣，才閣看著王主任陪一个人，應該就是校長劉志武ê款，對外口慢慢仔行入來。

果然是名不虛傳，劉志武差不多六十出頭歲，人生做高長大漢、虎頭豹身；面帶威風、眼露殺氣，確實有軍人ê扮頭。不而過，有可能是傷久無曝過日頭、無做過運動ê款，看起來皮肉白白、腹肚坔坔。尤其是一个面紅kòng-kòng、規身軀臭konn-konn，應該是才啉過袂少ê燒酒。

劉志武校長入來以後，王茂雄主任趕緊先紹介伊予個四个人熟似。紲落，才閣一个一个共個紹介予伊認捌。

「歡迎各位老師來到本校實習，希望咱少年人會當熱心服務、認眞教冊，才對得起國家對咱 ê 栽培……」劉校長話講一半，hiông-hiông 拍一个酒呃，停落來啉一喙茶，才閣繼續講：

「特別是咱做老師 ê，更加愛以身作則、盡忠職守，才袂辜負政府對咱 ê 期待。」劉校長無張持閣放一个屁，眾人頭 tàm-tàm 攏當做無聽著，伊又閣繼續講：

「咱學校算做是較郊區 ê 學校，大部分學生 ê 素質無通好，尤其是彼牛頭班 ê 學生，眞正是有夠狡怪！比共產黨閣較可惡！根本是學校 ê 害蟲！社會 ê 敗類！」劉志武愈講愈激動、愈講愈受氣，本底紅 kòng-kòng ê 面變甲青 sún-sún。

準講早就聽過劉志武 ê 風評，頭一擺看著這款場面，陳文平猶是驚一趒。伊感覺眞奇怪，到底是啥物原因，那會有一个校長共家己 ê 學生，當做是敵人按呢咧鄙相、看待？一直到開學以後，伊才知影原因。

正義國中是一間中型 ê 學校，全校攏總拄好三十班，將近一千五百个學生囡仔，每一个年級有十班，按照成績，分做三个等級。前段班有兩班，號做 A 段班，就是成績上好，上有希望考牢明星高中 ê 升學班；中段班有六班，叫做 B 段班，成績平平，一般來講應該是無機會考著前三志願 ê 普通班；後段班嘛有兩班，算做 C 段班，也就是根本無可能考著學校，甚至是完全無想欲閣繼續讀冊ê牛頭班。

大多數ê老師，當然攏是爭欲教頭前ê好班，上無嘛中央ê普通班，若是聽著後壁ê穲班，就那親像看著牛頭馬面仝款，驚就死矣。

彼當時佇教育界，有一个無正式ê傳統，就是一个才出業ê新老師，分發去到任何一間學校，原則上，攏愛負責包辦所有ê後段班級ê教學。講好聽，這是號做敬老尊賢ê優良校園倫理；實在講，就是老鳥食菜鳥ê不良社會風氣。

正義國中當然嘛無例外。開學前兩工ê教學研究會，陳文平收著伊這學期ê課表，擔任二年三班到二年十班，也就是六个中段班佮兩个後段班社會科ê專任教師，伊無感覺擔心，顛倒是有淡薄仔歡喜。

山仔跤是一个倚近佇都市外圍ê鄉鎮，原本住民ê經濟主要是倚靠做穡為主，這幾冬來因為社會改變，開始有一部分ê加工業遷徙入來，四界會當佇田園邊仔看著一間一間ê工廠。所以，除了一寡仔ê公教人員以外，遮ê人口，差不多一半是在地ê農民，一半是外來ê工人。這種情形，仝款嘛是反映佇學生ê結構。

正義國中ê學生囡仔，除了真少數是公教子弟以外，其他大部分ê家長，若毋是咧種田、做工，就是咧賣菜、排擔。另外一个現象，就是學生內底，單親家庭佮隔代教養ê比例特別懸，尤其是愈後段班愈明顯。

陳文平嘛是南部庄跤大漢ê農家子弟，爸母除了做幾分穡以外，有時陣，猶閣愛去做土水工，才有法度維持三頓，予個兄弟姊妹讀冊。

毋但個兜按呢，陳文平ê厝邊隔壁、鄉親序大，大多數嘛攏佮伊ê爸母仝款，一世人勤儉拍拼、一世人艱苦散赤；一世人艱苦散赤、一世人勤儉拍拼……，自古以來，一直按呢咧輪迴，無法度出脫、無能力改變。

「工字永遠袂出頭，田字跤手伸無路，讀冊才有好前途。」莫怪伊ê老爸自伊細漢，就一直向望伊會當好好仔認眞讀冊。

「我們中華民國，因爲實施國父孫中山先生民生主義，平均地權、節制資本正確的政策，台灣的農民才能過著今天這種均富、安和、樂利的生活……」大學一年ê國父思想課，老師是一个第一屆資深國大代表來兼任ê老教授，逐擺上課，不時一本講義講kah喙角全波。

「咱台灣ê農地傷細，種做ê成本傷懸，農產品ê價數又閣傷過低，大部分農民ê收入傷過少，生活根本無像你講ê遐邇好。」有一遍，陳文平眞正是聽kah忍袂牢矣，攑手共老教授按呢應。

「你說……什麼……」老教授毋知是聽無清楚，抑是袂慣勢上課有人應話，一時陣gāng-gāng講無路來。

「我講台灣農民ê生活，無像你講ê遐邇好，彼只是政府ê宣傳，根本是咧騙人ê。」陳文平大聲重講一遍。

「什麼？你竟然敢懷疑政府？市場的米糧、水果、蔬菜價格明明都很好，農民的收入那會太少？」老教授無欲相信。

「市場ê價數好，毋過產地ê價數低，中央ê利潤，攏予生理人趁去矣，政府根本無咧管。」陳文平簡單、耐心共說明。

「亂講！你太過偏激了，你中黨外的毒太深了，你被共產黨利用去了。」老教授愈講愈受氣、愈講愈激動。

「我毋是啥物黨外人士，嘛毋是啥物共產黨員，我只是單純ê農民子弟，我講ê攏是實在話，毋信，你來阮庄跤看覓咧就知影。」陳文平感覺老教授ê反應傷過頭離譜。

「出去！你給我出去！」老教授氣phut-phut、大聲喝。

「我是合法考入來ê，上課是我ê權利，是按怎愛出去？」陳文平猶是毋認輸。

這時陣，老教授氣甲毋知是血壓夯傷懸，抑是心臟病發作，規个人講袂出話，坐佇椅頭仔phēnn-phēnn喘，同學趕緊去叫救護車。

後來，陳文平就無閣再去上彼門課矣。

伊毋是驚老教授無歡喜，是感覺彼根本是咧騙囡仔，佇遐完全是咧浪費時間，聽袂著伊想欲知影ê眞相。

彼个年代，拄好是鄉土文學論戰佮美麗島事件才結束無偌久。進前，陳文平對台灣歷史ê了解，攏是老師所教、課本所寫彼點仔淺薄ê認知。

這時開始，伊才用心去讀袂少ê黨外雜誌佮本土作家ê文學作品，特別是對農民、工人等等弱勢團體ê描寫，予伊留落深刻ê印象佮感動。彼時，伊才清楚知影，濟濟農民、工人佮弱勢團體，個ê散赤、個ê不幸，毋是完全攏家己造成ê，嘛袂當牽拖是天公做代ê，是因爲教育資源無公平，是因爲社會福利無健全，是因爲政治制度無正常……

陳文平認爲，上好是透過教育，才會當提升農工子弟 ê 智識，才會當改變弱勢團體 ê 命運，未來，嘛才有法度建立一个正常公平 ê 社會。

也就是因爲按呢，伊對做老師有誠大 ê 向望佮期待，這是伊會當盡力去完成 ê 任務。也就是因爲按呢，當陳文平接著課表 ê 時，伊毋但無任何 ê 擔心，顛倒有一種歡喜 ê 感覺。

陳文平負責八个班將近四百个人，當然大多數攏是學校認爲成績毋好、前途無望 ê 學生。成績毋好 ê 原因，其實有幾仔種：有 ê 是因爲頭殼無好讀無路來；有 ê 是家己無興趣無想欲認眞；有 ê 是父母無時間、無能力去共個關心、指導；有 ê 是一開始就予老師看衰、放棄矣，就算有心嘛無機會……

不管按怎，陳文平認爲成績毋好無代表前途無望，只要予個機會，猶是有可能會當改變個 ê 未來，伊無欲放棄。

佇所有 ê 學生內底，陳文平印象上深 ê，是二年三班普通班 ê 林淑娟佮二年九班牛頭班 ê 張家榮。

林淑娟生做幼秀又閣乖巧，伊逐擺上課攏非常認眞，逐遍考試成績攏嘛眞好。毋過，就是傷過頭痟、傷過頭恬，目頭不時憂憂、結結，那親像有啥心事 ê 款。

陳文平感覺誠奇怪，按照伊 ê 程度，應該會當排入去升學班才對，那會分來佇普通班？

問伊 ê 導師才知影，林淑娟 ê 爸母原來是佇庄裡 ê 一間加工廠咧做工，生活猶算普通、安定。後來，伊 ê 老爸迷著阿樂仔，輸袂少錢閣欠一堆債，兩个翁仔某開始冤家、相拍。落尾，有一工，伊ê老母煞來離家出走，到今攏無看人影。伊ê老爸顛倒規日博筊、啉酒，無欲討趁。林淑娟逐工愛洗衫、煮飯、照顧小弟，那有時間佮心情通好讀冊？

張家榮ê爸母，自伊出世無偌久，就出車禍過身去矣，放伊一个予阿公阿嬤飼大漢。兩个老大人規工無閒咧做穡，無時間嘛無才調去管教伊。國小畢業，就佮一寡仔王兄柳弟做伙去加入庄裡ê大廟幫，跳八家將。伊人生做大欉又閣粗角，狡怪又閣壓霸，是放牛班內底上大尾ê牛頭，所以伊有一个外號，叫做「牛魔王」。

張家榮佇一年仔歇熱ê時陣，做一項轟動山仔跤、驚動正義國中ê大代誌。伊佮同學相輸，趁暗時工友無注意ê時陣，提一罐鐵樂士去校長室大門口噴漆，畫一 khian 豬頭閣寫三个大字，想講應該是神不知鬼不覺，無人知影才著，想袂到才無偌久就 piak 空矣。不而過，毋是去予別人密告，是去予家己出賣。

這箍「牛魔王」眞正是毋捌字兼無衛生，伊竟然共「老豬母」彼字「豬」ê「豕」字爿，寫做「犭」字爿。

劉志武確實是老江湖，一看就知影，這一定是某一个牛頭班ê敗類才有這款膽量。暗中叫老師去調查個ê週記、作業、考試單等等資料，攏總查出來十外个嫌疑犯。

劉志武一个一个叫入去校長室當面閣寫一遍，張家榮當場就現出原形矣。嘛因爲按呢，伊成做全校ê風雲人物，代價是大過一支爾爾。所以佇正義國中，私底下流行一句笑話：

「牛魔王拍輸豬八戒」。

「你就是無愛認眞寫字、讀冊，毋才會連豬佮狗攏分袂清楚，有夠漏氣呢！後擺是欲按怎做老大ê？」以後上課，陳文平不時提這項代誌來咧消遣張家榮。

「老師，勿按呢啦！勿按呢啦！兩隻看起來攏嘛差不多！」看張家榮平常時按呢lāng-pē-káu-gê，毋過，見那聽著陳文平提這項代誌咧共創治，伊竟然閣會現出歹勢ê表情。

陳文平心內拍算好勢，決定欲來成立一班輔導班，對象是伊所任教ê普通班佮牛頭班ê學生，利用逐工第八節課，也就是升學班咧上輔導課ê時間來上課。國文、英語、數學、自然、社會，一日複習一科，逐家攏會當自願、免費參加。國中課程ê內容並無困難，學生ê程度嘛無算偌好，伊相信家己有能力，會當做好這項工課。

講做就做，陳文平一方面共教務處說明、報備、借場地；去訓導處，印同意書、tǹg公印予學生家長，希望會當得著個ê支持、同意；另外一方面開始整理、編寫適合學生程度ê講義。

全部ê學生欲倚四百人，有回覆ê差不多一百个，同意欲參加ê猶無夠一半，頭擺上課彼工，眞正來ê才二十外个爾爾，其中包括林淑娟在內。

對這个人數，陳文平已經感覺眞滿意矣。因爲上課ê所在，拄好借用二年三班，也就是林淑娟ê教室，閣加上平常時對伊有誠深ê印象佮好感，所以陳文平就指定林淑娟擔任輔導班班長ê職務。

上課ê第二禮拜，有一个人竟然嘛來矣，予陳文平感覺眞意外，伊就是張家榮。原本掠準張家榮眞正是浪子回頭、收跤洗手，想欲好好仔來寫字、讀冊矣。

「伊是來看個七仔ê！」想袂到陳文平猶袂開喙，坐佇張家榮邊仔ê同學先講話。

「哭爸啊！恬恬啦，無講敢會啞口？」張家榮伸手對同學ê頭殼頂大力pa落。

原來，張家榮佮林淑娟早就有熟似矣，二人毋但是國小ê同窗，又閣是自出世做伙大漢ê厝邊。張家榮對林淑娟非常ê關心、意愛ê款，毋過，林淑娟有伊張家榮無法度了解ê心事。

「少年人有這款ê熱情眞好，繼續加油！」有ê人當面共呵咾、鼓勵。

「拄才出來才會按呢啦，教久你就知矣。」有ê人佇邊仔咧拍納涼、看好戲。

「我本科系出身ê老師都教袂會矣，伊是有啥物才調？」有ê人佇尻川後咧摳洗兼鄙相。

陳文平替牛頭班義務上課ê代誌，無偌久，就傳kah學校眞濟老師攏知影矣，眾人有無仝反應，伊攏當做沒關係，堅持做落去。

「你做這項代誌，到底為啥物目的？有啥物好處？」上譀古ê是有一擺，陳文平當咧上課ê時陣，劉志武拄好來巡視，佇教室外口徛一搭久仔了後，隔工竟然叫伊去校長室按呢問。聽過陳文平ê解釋，劉志武猶是感覺這是咧浪費時間，是講好佳哉，無叫伊愛負擔場地費佮水電錢。

就按呢，陳文平毋管眾人是好心抑是歹意，堅持家己ê想法，課程一個月一個月繼續上落去，一直到學期結束，伊去做兵。學生人數嘛tuì原來ê二十外人，增加到四十幾个。

做兵進前，陳文平本底猶咧考慮，兩冬退伍以後，是欲繼續留佇山仔跤教冊，抑是借調轉去故鄉服務？毋過半中途出一項代誌，予伊做了選擇。

陳文平ê老母有，有一擺去tsuānn農藥ê時陣，無細膩煞來中毒，當場昏倒佇園裡，雖然及時送去病院急救，好運一條老命抾有轉來，毋過，肝佮腰子攏去損著，人變kah誠lám身，不時著愛去揣醫生、食藥仔。伊ê兄姐攏已經大漢，隨人佇外地食頭路，伊家己嘛出外將近欲十冬矣，眞想欲倒轉去故鄉，照顧、陪伴兩个序大人。

正當陳文平佇咧躊躇ê時陣，hiông-hiông接著大學時代ê老師，也是系主任ê沈玉林教授寄來ê批。批裡提起，陳文平ê高中母校台南竹園高中，新學年度拄好有一个社會科老師ê缺，現任ê校長江志遠是伊以前ê同事嘛是眞好ê朋友，特別拜託伊推薦一个優秀ê學生去任教。沈主任知影陳文平佇大學ê成績誠好，又閣是竹園高中ê校友，應該是上適合ê人選，專工khà電話去厝裡問伊ê地址，隨閣寫批來予伊。

論眞講起來，陳文平佮沈教授師生之間有一段特別ê緣份。陳文平佇大學三年ê彼冬，自願逐工暗時去系圖書館做工讀生。系館暗時開放，主要是欲方便予夜間部ê學生會當借冊、查資料用ê，毋過大部分ê時間，攏無啥人行踥到，陳文平拄好會當利用這个時間，加讀寡冊。

彼年，沈教授嘛拄好才調來系裡做主任。沈主任是一个認眞、正派ê學者，嘛是國內研究教育心理學ê專家，差不多逐工暗時攏留佇伊ê辦公室咧寫論文、做研究。圖書館佮辦公室仝層樓仔，有時陣，沈教授會過來圖書館，麻煩陳文平共鬥揣冊抑是印資料。

沈教授看陳文平一个少年家，逐暗攏來遮咧工讀，感覺誠好奇嘛眞呵咾，若是有閒，嘛會揣伊開講。

原來沈教授佮陳文平仝款攏是南部庄跤出身ê農家子弟。師專畢業先佇國小教幾冬冊，後來繼續進修，考牢大學，閣再考著公費留學，去美國提著教育博士ê學位，才閣倒轉來台灣教冊。

「教育毋是萬能ê，毋過，對咱這種無錢無勢ê散赤人囝，是予咱會當改變家己ê未來，去幫助別人ê困難，上好ê機會。」沈教授這句話陳文平一直囥佇心肝頭。

自從大學畢業了後，陳文平就誠少倒轉去系裡看伊ê老師，連寫批嘛眞罕得，想袂到顚倒是老師猶閣會記咧伊，陳文平感覺誠歹勢、嘛眞感動。既然有這个機會，伊就無閣再加考慮矣，直接khà電話予沈教授，感謝伊ê牽成嘛接受伊ê好意。隔無幾工，就收著沈教授寄來ê推薦函，佮竹園高中時間約好勢，陳文平即時共部隊請假，倒轉去台南面試。

畢業六、七冬，竹園高中佮以前無啥物改變，直接行入去校長室，江校長已經先咧等伊矣。江校長是中國江蘇人，南京師範大學畢業，長久以來佇教育界ê風評眞好，是一个有良知、有理想ê教育家。

佇彼个時陣，高中校長ê權力猶誠大，學校欲倩老師，干焦伊tàm頭就會當準算。尤其是像竹園高中這款ê明星學校，逐擺見若有缺，人事主任ê桌仔頂攏是懸懸一疊ê履歷表，閣共掀過後壁一下看，驚死人，若毋是某某民意代表、政府官員推薦ê簽名，就是佗一个黨國大老、地方人士紹介ê名片。

當然，除了表面上ê人情關係以外，尻川後猶閣有看袂著ê金錢往來，這是教育界公開ê秘密。陳文平有二、三个同學就是按呢才入去高中ê。江校長無欲收紅包嘛無愛牽關係，所以眞濟佮伊仝沿ê人攏咧做官發財矣，伊猶是一个無厝無地蹛佇學校宿舍ê高中校長。

「閣過兩冬，我就欲退休矣，佇這進前，我干焦想欲盡量爲這間學校多揣一寡仔好ê人才，予咱ê學生留淡薄仔好ê模樣。我查過你以前佇咱學校ê成績佮導師ê評語，嘛相信老朋友ê眼光，希望你入來以後，會當好好仔認眞教冊，按呢才袂辜負我對你ê寄望佮沈教授對你ê信任。」簡單ê面談了後，江校長閣一擺at陳文平ê手。

退伍以後開學進前，陳文平又閣去一tsuā台北。一來，特別轉去師範大學，親身共系主任說多謝；二來，專工去到正義國中，辦理轉職離校ê手續；三來，想欲順紲探聽幾个學生ê消息。

做兵兩冬，彼个時陣伊所教ê學生攏已經畢業矣，劉志武嘛升官去三重埔ê光明國中繼續做伊ê校長。當初時，張家榮ê導師，佇舊年申請轉調去別間學校，問別个熟似ê老師，攏無人知影伊ê下落。這也莫怪，學校一年冬畢業幾百个人，siáng會去記咧彼箍牛頭班ê歹學生去佗位？林淑娟以前ê導師猶閣佇咧，毋過，真無拄好，人去出差，無來學校。陳文平揣無欲見ê人，這tsuā路算做是白行ê。

竹園高中是南部出名ê明星學校，佮山仔跤ê正義國中情形完全無仝款。高中課程ê內容較深，學生ê素質又閣真懸，就算學業有問題，逐家毋是去倩家教就是去走補習班。陳文平就算猶有彼款心，毋但無才調，嘛無機會去共學生做任何課後ê複習。照理講，佇這種學校教冊，應該是做老師ê人，上好ê選擇才對。是講毋知按怎，陳文平心內顛倒感覺有淡薄仔ê虛微，竟然不時會去數念早前正義國中彼群牛頭馬面。

彼冬教師節過後ê禮拜，陳文平倒轉去庄跤看伊ê爸母，意外收著一張批。

雖然經過幾仔冬，頂面彼款歪膏tshih-tshuah ê字，伊一看就會認得，這是彼箍張家榮寫ê。

陳文平感覺誠意外嘛真歡喜，做兵進前，伊有共厝裡ê

住址留予學生，想袂到這隻牛魔王竟然猶閣會記咧伊。不而過，當伊看著寄批ê地址，原本歡喜ê心情一下仔就冷冷去矣

批是對台北土城仔少年觀護所寄來ê，伊有一種無好ê感覺，敢講這幾冬心內一直咧擔心ê代誌，真正發生矣？

「老師你好：

我是你以早佇正義國中教過ê學生張家榮，毋知你敢閣會記得？我舊年因為刣人，去hông掠來關，毋知老師tang時有閒，敢會當來共我面會？我有代誌想欲拜託老師。

學生　張家榮敬上」

陳文平本底是拍算等到禮拜才去面會，毋過規暝睏攏袂去，隔工透早，根本無心情上課，臨時決定請假，趕去台北。

這是四冬來頭一遍，陳文平閣再見著張家榮。四冬無看，張家榮已經變做一个大人瓜仔，陳文平強欲袂認得伊，顛倒是張家榮一下仔就認出陳文平，喙仔笑笑，仝款是當初時彼款狡怪ê表情。

自陳文平實習結束，做兵以後，輔導班就自動解散矣。新ê學期開始，逐家攏倒轉去家己ê班上，隨人食草。一冬後，張家榮、林淑娟嘛同齊畢業、離開學校，以後攏無閣再繼續升學。

張家榮理所當然，正式加入大廟幫，因為漢草好、膽頭在、跤手猛掠、氣魄有夠，會使講是做鱸鰻ê好腳數，入幫無偌久，就成做老大ê馬沙身軀邊ê虎仔。

林淑娟去庄裡一間工廠做女工，趁錢予伊ê小弟繼續讀冊，予伊ê老爸繼續啉酒……

有一工半暝，林淑娟青青狂狂、欲哭欲啼，走來揣張家榮。

原來是伊ê老爸簽阿樂仔相連紲槓龜幾仔擺，愈輸愈毋願，愈簽愈大注，最後欠組仔頭一褲屎，去予人逼kah走投無路，竟然想空想縫，欲共淑娟賣去予組仔頭水龍仔抵數。水龍是馬沙換帖ê兄弟，張家榮透過馬沙ê關係，誠無簡單，才共這項代誌暫時處理好勢。掠準按呢，問題就完滿解決矣，想袂到才過無偌久，林淑娟煞 hiông-hiông 失蹤去矣。

張家榮去工廠、去厝裡、去林淑娟有可能去ê所在，四界攏揣無人，連一寡兄弟都探聽無半點仔消息。最後才對淑娟ê小弟遐知影眞相。原來，伊ê老爸啉酒醉了後，竟然定定會對淑娟烏白來……

這擺，張家榮眞正是擋袂牢矣，拼去揣林淑娟ê老爸算數，無疑誤傷衝動，共伊刣一下著重傷。佳哉ê是，因爲猶袂滿十八歲，按照「少年事件處理法」ê規定，伊算是少年犯，會當減刑，送來觀護所接受感化教育。

「我知影老師你一直眞關心淑娟，淑娟嘛一直眞尊敬老師，我關佇遮啥物攏無法度，假使老師若有時間，敢會當共我鬥探聽看覓？若是有伊ê消息，著愛趕緊共我通知。」欲走進前，張家榮猶再三拜託陳文平。

彼暗，陳文平坐尾班車對台北欲倒轉來台南。三更半暝

ê車廂內底，一片恬tsiuh-tsiuh，旅客離離落落無幾个人，有ê咧歇睏、有ê咧tù-ku、有ê咧眠夢。干焦伊一个人目珠金金，心事重重，一直無法度平靜。連鞭仔看車內，連鞭仔看窗外，過去ê代誌親像外口ê夜景，一幕一幕出現又閣消失。彼時ê伊猶毋知影，伊ê惡夢猶未過去。

彼年ê歇寒才開始無偌久，陳文平就接著伊大學同窗兼好友黃世明ê喜帖。世民是伊班裡六个查甫內底，逐家公認上古意、上pì-sù ê人，想袂到，顛倒是頭一个炁某ê，眞正是恬恬食三碗公半。

陳文平準時到台中參加世明ê婚禮，來鬥鬧熱ê，猶有過去幾个仝班ê同學。自從畢業了後，隨人佇無仝款ê所在教冊、生活，互相往來ê機會，會使講是愈來愈少。這擺，算這幾年來頭一遍，閣有遮濟朋友做伙、見面，經過四、五冬，逐个人加減攏有袂少ê話想欲講，所以食桌過後，有人就提議去揣另外一个所在紲攤……

平常時仔，陳文平去外位出差、開會，若是需要過暝，爲欲省錢、利便，伊攏會盡量去蹛教師會館。彼暗，紲攤kah傷晏，燒酒嘛啉了較過頭，規个面紅kòng-kòng一身軀臭酒味，陳文平家己感覺歹勢，毋敢去教師會館，就近揣一間旅社歇睏。

才過無偌久，猶咧眠眠ê時陣，陳文平那親像聽著有人咧揤電鈴ê聲，開門一看，原來是旅館ê服務生問看有欲叫小姐無？

自從大三彼年失戀以後，陳文平就無閣再交過別ê女朋友，嘛毋捌佮其他ê查某有特別親近ê來往。這種代誌，伊根本毋敢去想、毋敢去試，換做是普通時，伊絕對會趕緊拒絕才著。彼暝，毋知是因爲朋友悉某ê影響抑是酒精過度ê刺激？伊竟然糊糊塗塗就tàm頭。過無偌久，小姐就入來矣，看起來差不多才二十統歲ê查某囡仔。

陳文平人睏精神，酒嘛退矣，看著一个查某囡仔戇神、戇神坐佇椅頭仔。

想著昨暝醉kah茫茫渺渺，毋知發生啥代誌，家己感覺眞見笑。這時，伊斟酌看面頭前這个查某囡仔，劃妝ê面容，有淡薄仔苦澀ê表情。伊有一種奇怪ê感覺，心內才咧憢疑，hiông-hiông，想著一个熟似人影。

「淑娟……」林平平話才講出喙，查某囡仔著驚一下，起身斡頭，人就做伊出去矣。

陳文平，袂輸去予雷公槓著仝款，頭殼一陣烏暗眩，規个人tǹg-lap坐落眠床頂，袂振袂動……

（2013年台南文學獎台語小說推薦獎）

接跤仔

這是眞久以前，阮老爸親身ê經驗，故事ê內容，你可能會感覺小可譀古，毋過，這是眞正有影ê代誌，毋信，你斟酌聽我講。

彼个時陣，阿爸才三十出頭歲，早就已經焉某、生囝矣。因爲是孤男尾囝，肩胛頭偝兩个年老ê爸母，下跤手閣愛晟四个細漢ê囡仔，眞正是：爸老囝幼上無奈，雙頭重擔無人知。

阿爸佮阿母兩人，干焦做一塊三分外地ê穡，根本無才調塡八个人ê喙空，顧一口灶ê腹肚。無ta-uâ，làng縫ê時，阿爸閣愛去工地做塗水、king枋模，加減趁一寡所費鬥相thinn，才有法度予阮規家伙仔過三頓。

彼段時間，阿爸去佇新營公園邊仔，一間私人電台新起ê樓仔厝咧做工。奇怪ê--是，平常時仔身體誠粗勇、毋捌咧破病ê阿爸，逐工透早出門猶好好，見若欲倚中晝ê時陣，無代無誌，人就會hiông-hiông un倒佇塗跤，規身軀phih-phih-掣，目珠仁吊懸懸，親像咧起童仝款。

一開始，做伙起厝ê工課伴，攏掠準伊是咧la天、sńg笑，後--來，看毋是勢，才趕緊共送去病院。

醫生自頭檢查到尾，就是看袂出伊有啥物問題？倒轉來厝裡，人猶是仝款好好，問伊到底是按怎？伊家己嘛毋知發生啥代誌，完全攏無印象。毋過，隔轉工去工地，時間一下到，症頭照常夯-起--來。

就按呢，走過幾仔間病院、揣過幾仔个醫生，求神閣問佛、收驚兼算命，四界tshia-puảh-píng，完全無采工，阿爸ê怪症頭猶是捎無路理來。

這个時陣，拄好厝邊有人紹介，聽講鹽水港有一个青暝ê老仙姑誠厲害，無論是啥物予醫生看袂好ê身苦病疼，抑是共神明跋無杯ê疑難雜症，見若去問--伊，絕對是有靈有聖、一必一中，攏有法度通解破。

有一工，阿嬤佮阿母，二个大家、新婦，專工做伴去鹽水港問彼个老仙姑。行到一下看，眞正驚倒人，南北二路、善男信女，對大廳排到埕尾，唯透早問到天暗。等欲規晡久，總算輪著個。

「恁後生，這暫仔人咧各樣 hōnn？」猶未開喙，老仙姑就看著阿嬤ê嚨喉鐘仔。

「Hiòo！啊都毋知是去犯著啥，那會無代無誌就起童？」阿嬤趕緊應。

「煞毋知咧做工ê時，去予彼个無身分證ê khảp著，意愛beh嫁--伊，刁工咧共創治--ê。」老仙姑擛頭-起--來，兩粒白仁，轉-過--來，踅-過--去，看起來淡薄仔驚--人。

「按呢欲按怎才好？」阿嬤緊共問。

「看是欲揀一个時間，緊炁伊入門；抑是辦一場法會，渡伊去出家……我看個兩个前--世猶有緣分，上好是共炁--轉-來，予完成一个心願，嘛加做一層功德。」老仙姑頭tàm-

落--來，兩蕊目珠kheh-kheh，無閣再講話。

「恁這查某人，疑心重、耳空輕；清采聽、烏白講，我才無咧信信這有空無榫ê痟話！」阿母轉來共仙姑ê話，講予阿爸聽。阿爸本底就雷公癖、歹性地，這tsām仔，身體無爽快，口氣免講嘛無通好，出喙就喝--人。

「無，你人身體都好好，那會無代無誌咧起童？」阿母平時性情就誠溫馴、有耐心，款款仔共應話。

「人死矣猶會欲嫁翁？我才無咧裝痟ê！就算有，我佮伊無冤無仇、無熟無似，伊創治我欲啥代？」阿爸愈講聲嗽愈穲，火氣愈大。

「古早人咧講：『紅架桌頂，無咧奉祀姑婆』。查某人生成命底就是外頭家神仔，大漢矣就想欲嫁--人，按呢，以後毋才有囝孫序細來拜伊ê長年飯、捧伊ê香爐耳。」阿嬤知影家己ê後生生番神、雷公性。耐心、好喙共拆分明。

「我無去抾著伊ê香火袋仔，嘛無去踏破個兜ê金斗甕仔，伊別人毋去揣，偏偏欲揣我！」阿爸氣kah大聲iȧh喉，講kah艱苦tsē kuà。

「仙姑講，恁兩个前--世猶有緣，炁伊入門，伊會共你保庇……」阿嬤，有喙講kah無瀾，猶是講袂huan-tshia。

「好矣！好矣！攏共我煞煞去，勿閣講矣，我才無咧神經彼啥物姑咧hau-siâu hau-tak！」彼當時，阿爸人猶當少年，鐵齒銅牙槽，固執狡怪生，人猶未講了，伊三鋤頭一畚箕，就共話hòo-hòo轉--去矣，根本無咧信táu這款無稽之談ê代誌。

不而過，話會當毋聽，病袂使無管，爸母、某囝更加袂用得無人飼。阿爸猶是，逐工時到就起童，眞正毋知欲按怎？

「若是眞正有影按呢，叫伊先來予我看覓咧，我才欲相信！」袂堪著怪病一直咧糟蹋佮阿嬤再三ê苦勸，後--來，姑不而將，阿爸ê態度總算放落軟。

話才講出去無偌久，相連紲幾仔工，阿母就發覺一項眞奇怪ê代誌：逐暝欲歇睏ê時陣，阿爸攏共一支斧頭囥佇眠床頭。

「啊無你是咧起痟nih？哪有人提斧頭咧睏--ê？」阿母落尾忍袂牢，問阿爸到底是咧變啥蠓？

「你毋知咧！你知咧！逐暗都來！逐暗都來！」阿爸講kah大細聲、氣phut-phut。

「講按呢無頭無尾，啥人聽有？到底是啥物，逐暗都來？」阿母聽kah無理路、霧sà-sà。

「煞毋知彼个查某囡仔，逐暝都來予我夢著！」阿爸講kah有跤有手，無親像咧講sńg笑。

「敢有影？按呢，你拍算欲按怎？」阿母聽一下，規个人起ka-lún-sùn。

「來做伊來，幹！恁爸才無咧驚--伊！」阿爸死鴨仔硬喙桮，拳頭母tēnn誠絚。

過無兩、三工，有影出代誌矣！

彼工透早，阿爸照常去工地起厝，阿公綴廟裡王爺公去進香，阿母去田裡做穡，阿兄、阿姐去學校讀冊，干焦賰阿嬤佇厝裡咧騙我佮小妹。

欲倚晝ê時陣，阿嬤佇灶跤無閒咧煮飯，阮兄妹仔兩人佇客廳咧迌迌。Hiông-hiông聽著，有人佇外口咧喝咻、拼門。

「清水姆仔！清水姆仔！緊開門喔，害矣啦，恁旺仔出代誌矣啦！」我毋敢去開門，緊走去叫阿嬤。

「啊你喝kah按呢大細聲，無是出啥物大代誌hânn？」阿嬤趕緊來開門，原來是阿爸ê做工伴添財伯仔。

「恁旺…旺仔，拄才佇工地無…無細膩，對五…五樓頂跋落去去塗跤兜，這馬予救…救護車送去佇新營病…病院矣！我本底khà電…電話去村長水木仔遐，欲叫…叫伊共妳通知，無…無人接……」添財伯仔走kah喘phēnn-phēnn，講kah長lò-lò，大舌閣鯁朏。

「那會按呢！啊有要緊…無？」阿嬤uān-nā翻頭去灶跤禁火、收物件，uān-nā吩咐阮兄妹仔愛共門關乎好勢，趕緊佮添財伯仔做夥去病院……

阮兄妹仔兩人留佇厝裡，驚kah毋知欲按怎？過規晡久，等到日頭欲落山，才閣看著一大堆人倒-轉--來。

阿爸ê頭殼額佮正手骨，縛一寡白紗仔布，予添財伯仔tshah咧，沓沓仔行入來倒咧眠床頂歇睏，看-起--來毋是誠傷重ê款。

「眞正是有夠好運，對遐遞懸ê所在跋-落--來，竟然無啥要緊！」添財伯仔恢復正常矣，講話加誠順口紲喙。

「這攏是祖公有靈聖！神明有保庇！」阿嬤趕緊去大廳共神明佮祖先燒香、拜拜。

原來，今仔日透早，阿爸去工地做工ê時陣，蹈去五樓頂欲拆枋模，毋知是按怎，一下無張持，對厝尾頂直接摔落去塗跤底。當場，一籠人四跤拔直直、目珠吊懸懸，規身軀袂振袂動、無氣無絲。

眾人看著攏驚一趒，想講這擺伊定著穩死無生--ê。趕緊叫救護車共送去病院急救。經過醫生斟酌檢查，想袂到，規个人除了額頭略仔tshè傷，手骨小可tsih去以外，其它ê攏無啥物要緊。

佇院裡歇睏、觀察一下晡，醫生講應該是無啥物問題，毋免閣入院，會使轉來厝裡歇睏。過無幾工，阿爸就會行會跳，好勢liu-liu矣。

毋過，才過無偌久，厝裡閣發生一項奇怪ê代誌，阿爸竟然欲𤆬某矣！

是講，阿爸都已經有阿母矣，那會欲閣去𤆬某？敢講是欲𤆬細姨？彼陣，厝裡散kah爸母、某囝都強欲食袂飽矣？阿爸那有彼款身命來飼細姨？

聽講細姨一入門，毋但專門咧欺負大某，閣會來苦毒囡仔。按呢，阮母仔囝以後是欲按怎過日子？我愈想愈煩惱，走去投阿嬤。

「戇囡仔，恁老爸是欲𤆬接跤仔，毋是欲𤆬細姨啦！」阿嬤uān-nā in 柴，uān-nā 應我，那親像無要無緊ê款。

「啥物是接跤仔？阿爸是按怎欲𤆬伊？」我干焦知影細

姨仔，毋捌聽過接跤仔這个詞。

「囡仔人有耳無喙，大人ê代誌，問kah一支柄，欲食塩？大漢時到你就知矣。」阿嬤uān-nā應我，uān-nā in柴，仝款是無治無代ê樣。

我毋甘願，閣去問阿母，阿母才偷偷仔共我講這个秘密：

進前有--無？阿爸答應講，若眞正有影是彼个查某囡仔刁工咧共創治，叫伊先來予看覓咧，伊才欲相信彼个仙姑所講ê話。想袂到，後來彼个查某囡仔眞正逐暝攏來予夢著。

照理講，阿爸應該愛講話算話、照品照行才著。結果，阿爸時到起反悔，敢博毋認注，毋但嗆聲講伊無咧驚，閣提斧頭欲佮人輸贏！紲落，換彼个查某囡仔起呸面，共阿爸放刁講，幾工內，若無予伊一个教示，毋知影好歹！過無幾工，阿爸眞正就出代誌矣。

「伊會保-庇--咱，袂共咱按怎啦，你毋免煩惱！」阿母攬咧共我安慰。我心內猶是僥疑，這个查某囡仔到底是啥款ê人物？哪會遐爾厲害，連阿爸都無伊ê ta-uâ？

彼工，透早我就予阿母叫精神，共我妝媠媠，穿一領*khasmilong* ê新膨紗衫，佮一雙中國強ê新球鞋。伊講因爲我ê生肖好、八字重，小等下，欲佮人做伙去「講親情」，閣提一个紅包园佇我ê褲袋仔裡。

啥物「講親情」？我是完全無興趣，毋過，看佇紅包ê面子，我才勉強來tàm頭。

阿爸，也就是囝婿，專工去剃一粒彼時上流行ê *haikata*，伊穿一軀烏 ê *sebiloh*，一領白 *siattsuh*，閣結一條豬肝色ê *nekhutai*，看起來，不只仔鮮頭又閣緣投，袂輸電影內底ê男主角。

大姑，也就是媒人，特別去予人 *siattoo* 一款當時行ê *hibali*頭，伊身掛一條金phuảh鍊，手揹一跤烏皮包，跤穿三分懸踏仔，論眞講，眞正是lì-liù兼lè-táu，確實有媒人婆ê扮勢。

阿爸倩一台*haiiah*來載阮。進前，極加才坐過三輦--ê爾爾，這是我頭一擺坐四輦--ê，感覺有夠希罕。

是--講，到今猶無別人看過彼个查某囡仔生做啥物款？厝裡有啥人？嘛毋知個兜蹛佇佗？電話號碼是幾番？事先無任何ê連絡，臨時臨要，是欲按怎去揣人講親情？

「先行才閣講，時到就知影。」阿爸看起來，親像誠有自信ê款。

就按呢，阮一台車四个人，無住址，無地圖，佇新營市區街頭巷尾，踅來踅去，斡起斡落。過無偌久，我就睏去矣……

「停！停！佇遮！佇遮！」阿爸hiông-hiông喝聲，我予驚一下精神-起--來。綴人落來共看覓，車tshah佇一條誠細條ê巷仔內，路邊是一間有紅門扇、烏厝瓦，平跤、木造，日本式ê舊厝。

「就是遮，無毋著！」阿爸四箍輾轉斟酌巡巡看看咧，

tìm頭按呢講。即時，行做頭前去揤電鈴，大姑牽我ê手，綴佇伊ê後尾面。

連鞭仔，一个中年ê查甫人來開門，炁阮行入去門內面，經過一个小花園仔，中央栽一欉玉蘭花開kah芳kòng-kòng；牆仔邊一抱紅kì-kì ê *khatsla*旋去到厝尾頂；來到門跤口，簾簷跤縛 一隻狐狸狗，看著人，一直咧搖尾。行入去厝內底，我去乎驚一趒，客廳大大細細坐差不多十外ê人，逐家攏目珠金金，大蕊細蕊咧看--阮。

「歡迎！歡迎！阮已經佇遮等誠久矣。」其中一个生做躼躼瘖瘖，規个頭殼攏白頭毛ê *oojisang*，笑bi-bi，誠客氣，行過來佮阿爸at手。

「來！免細膩，內底坐啦！內底坐啦！」另外一个矮矮肥肥，全款是笑bi-bi，白頭毛ê *oobasang*，眞好禮，一手牽大姑、一手牽--我，行入去坐佇籐椅頂。

「進前，阮牽手就不時夢著伊，講欲揣親情，愛先共伊欲愛ê物件款予便，阮一直半信半疑；昨盈暗，規厝裡ê大人攏做仝一个夢，吩咐講明仔載，逐家攏袂使出門，有人會來講親情，愛趕緊共代誌伐發落好勢，量早佇厝裡相等。連阮彼隻*khuhma*嘛吠規暝、叫透暗！」白頭毛ê *ojisang*，等阮坐--落以後，開喙按呢講。

我聽一下規身軀起雞母皮！本來才咧奇怪，阮欲出門進前，根本猶毋知欲去啥物所在揣--人，事先嘛無共人通知阮會來，佪那會知影，早早就傳便便咧等阮？原來又閣是……

等個大人相借問、踏話頭、講親情了後，大姑叫我一个一个叫：阿公、阿嬤、大舅、大姨……

自細漢我就驚生份、畏小人，平常時若是看著無熟似ê人來厝裡，我就趕緊走去覕--起-來。何況，一下仔佇外口，閣面對這濟毋捌看過ê生份人？

我驚kah覕佇大姑ê尻川後，毋管伊按怎po-so，按怎koo-tsiânn，我就是無欲開喙。

這兩个老大人，後--來，阿爸叫個 *toosang* 佮 *khasang*，我叫阿公佮阿嬤。阿公莊金泉，鐵線橋堡人，日本時代台南農校出業，倒轉來新營製糖會社食頭路。後--來佮同事，日本查某囡仔*khanekoo*，也就是這个阿嬤熟似、戀愛，結婚。戰後，繼續佇糖廠做到課長年歲到才退休。

過無偌久，阮就離開矣。

車駛出去巷仔，斡入去大路，經過一條圳溝，我佇車窗內看出去，大路邊有一个栽真濟大欉樹仔ê公園；離無偌遠，猶有一支電台ê放送塔，懸kah強欲拄著天。

後--來，過年過節，阮有tang時仔會來這个新營阿公ê厝裡做人客。阮細漢阿舅，定定會悉阮來個兜附近這个公園迌迌。彼个時陣，我才知影，彼工，我佇車內看著ê公園，就是這个新營公園，以早日本時代原本ê新營神社；彼个電台，號做建國廣播電台，也就是阿爸當初時起厝ê工地、起童ê所在。

一禮拜後ê下晡時仔，仝款是阮四个人一台車，這擺是欲去「焉新娘」。

車眞緊就到位矣，佇我食了第六塊ê牛奶糖仔，看到第三本《四郎、眞平大戰鬼面具》ê時陣，車眞緊就隨翻頭轉--來矣。

奇怪ê是，自頭到尾，阮攏無看著新娘？干焦阿爸ê雙手捧一个去廟裡拜拜咧用ê櫳籃；內底囥一个長tu形ê柴牌仔；頂頭蓋一 tè親像紗仔巾ê紅布；邊仔點一支香。上車佮落車ê時陣，大姑攏會擛一支烏雨傘，遮佇阿爸ê頭殼頂。倒轉到厝裡，阿爸佮一寡大人，直接行入去神明廳。

好佳哉！阿爸焉某了後，厝裡佮以前無啥物無仝款，我擔心ê彼个「細姨」，向時到今，攏無出現。

阿爸逐工，毋是去田裡做穡，就是去工地做工，身體勇khiàn-khiàn，毋捌閣聽過，猶有咧起童。

顚倒是後--來，阿爸對做師父變做bàuh頭，錢加趁較濟，厝裡ê生活嘛有較好過。

以後逐冬過年過節、祭拜祖先ê時陣，阿母會叫阮加點幾支香、加燒一寡仔銀紙予「阿姨」。

落尾，我才知影，當初時，阿爸焉-轉--來ê「新娘」，毋是一般普通ê人，是彼一工我看著ê，現此時囥佇神明廳紅架桌頂，彼塊新來ê神主牌仔，也就是進前阿嬤共我講ê「接跤仔」！

不而過，久久仔，猶是會有一半項仔較奇怪ê代誌會來發生，譬論講：

平常時仔，阿母佮阿爸兩个人是做夥睏一間房間，阮兄弟姊妹四个人才公家睏一間總舖。有tang時仔，明明都無看著個兩人有咧相拍，嘛無聽過有咧冤家，阿母無張無持會佇三更半暝，家己一个人行過來佮阮做夥睏。

「阿姨來矣，無代誌，趕緊睏。」後來，我忍袂牢，好玄問伊原因，伊共我攬佇胸口，搭我ê尻脊骿按呢講，過無連鞭仔，伊家己就真正睏去矣。

我那睏會去！阿姨來矣？彼个紅架桌頂神主牌仔ê主人來佇阿爸ê房間？伊是對佗走-出--來ê？伊人到底是生做啥物款？敢會共我按怎樣？老實講，有幾仔擺，我足想欲偷偷仔bi去共探看覓伊是咧變啥蠓？

毋過，真正時到日到，逐擺攏嘛驚kah跤軟手軟。落尾，逐家攏睏kah毋知人矣，逐擺攏干焦賭我一个人，規暝猶佇眠床頂烏白想，睏袂落眠……

自按呢開始，彼塊神主牌仔，成做我囡仔時陣ê一片陰影，不時遮罩佇我ê心肝頭、出現佇我ê頭殼內。我懷疑伊毋知宓佇啥物所在咧偷-看--我？我恐驚伊毋知啥物時陣會走出來掠-走--我？

我毋敢單獨一个人入去神明廳；我嘛毋敢家己一个人去便所；有tang時仔，我暗時仔讀冊，那親像看著有人對面頭前閃過ê形影；有tang時仔，我睏kah半暝，那親像聽著有人佇耳空邊咧講話ê聲音……

自細漢，我就厚病疼、歹育飼，不時咧走病院、揣醫生。尤其，毋知是去帶著啥物怪症頭，平常日--時，人猶好好；日頭落山，就開始發燒流鼻血。舞弄規暝，到kah天光，血才會止、熱才會退。

大部分ê時間，阿母攏是用衛生紙捲捲咧that佇我ê鼻空裡，用面布浸冷水ù我ê頭殼額，規暝攏無法度歇睏。有時陣較嚴重，血流袂停、熱燒愈懸，無法度，只好趕緊送我去病院。

阮彼落草地所在，規个庄頭才一間私人ê診所，一个聽講是以前軍裡ê衛生兵退伍落--來ê老醫生，佮一个半路才出師ê先生娘兼護士。見擺去到遐，上無愛吞規堆藥丸仔、注一、兩支射，才放我煞。有時陣，甚至閣吊一支大筒--ê，才有夠氣。

彼暝，我ê老症頭又閣夯-起--來。毋過，這遍無遐爾仔好食睏矣。我二港鼻血，親像歹去ê水道頭，kòng-kòng流，噴攏袂離；規个身軀，袂輸熁火ê烘爐，熱phut-phut，ù攏袂退。阿母ê衛生紙，根本無夠看；冷面布，完全無路用；連老醫生ê退燒藥配大筒--ê嘛毋是對手。

看毋是勢，阿爸佮阿母透暝叫車，趕緊送我去新營ê大病院掛急診，自頭到尾，足足佇院裡倒七暝七日。食力ê是，這段時間，血猶是流袂齊止，熱仝款燒袂全退，做幾仔項檢查，連醫生嘛捎無tsáng，毋知到底是啥款ê原因？後來，建議阮轉去台南閣較大間ê病院，做閣較詳細ê檢查。

對台南倒轉來厝裡，我規暝規日死死昏昏，倒佇眠床袂哀袂哼；規身軀消瘖落肉，一箍人欲死盪幌，看起來已經無望，干焦會當等咧準備看日、揀時矣。

有一暝，當我仝款咧茫茫渺渺ê時陣，hiông-hiông，感覺有人用手咧摸我ê額頭，一陣涼涼ê感覺，對頭殼頂透到跤尾底；紲--落，閣鼻著一陣沉香ê芳味，唯鼻空貫入去腦裡。本底，我強欲無脈無氣ê身軀，變kah加誠輕鬆快活，那親像褪一遍殼仝款，連鞭仔，我就睏kah毋知人矣。

隔轉工，我ê血沓沓仔停矣，熱嘛慢慢仔退矣，過無偌久，規个人就活跳跳、好離離矣。自彼陣到今，幾十冬來，這个怪症頭，毋捌閣再夯-起--來。

這項代誌，我一直囥佇心肝內，毋捌講--出-來，因爲，我一直無確定，這到底是我咧眠夢，抑是……

後--來，經過一段時間，才聽阿母講起：

彼一暗，伊睏佇我ê身軀邊，眠眠ê時，那親像有鼻著一陣沉香ê芳味，對隔壁房間傳--來；閣看著一个霧霧ê人影，行入去神明廳。

阿母感覺眞奇怪，綴佇伊ê後壁，嘛行過去大廳。規个廳裡恬tsiuh-tsiuh，干焦彼兩葩早暗攏無歇睏ê佛祖燈，猶是認眞咧顧日看暝。

「擬就保庇，保庇咱林家這个後生會當脫離災厄、平安大漢，以後，才有法度繼續共你燒香點火……」親像有一款無形力量ê引悉，阿母行到阿姨ê神主牌仔頭前，雙手合掌，心內暗念。

以後，逐擺年節祭祖，抑是阿姨做忌，阿母攏會專工要求我，愛特別共阿姨ê神主牌位燒香拜拜。彼个時陣，我猶細漢，人無夠懸，干焦會當擪頭，遠遠看彼塊神主牌仔，懸懸 袛佇紅架桌頂，莊嚴又閣神秘。透過茫霧ê香烟看--去，予人有另外一種自在、平靜ê感覺，以前對伊ê懷疑佮驚惶，自按呢慢慢仔消失、散去。

國小六年ê時陣，身體一向粗勇若牛、規年透冬無歇無停ê阿母，hiông-hiông破病矣。起頭，是一直發燒、全身無力；紲落，是袂食袂啉、袂講袂應。

入院一段時間，倒轉來厝裡，一个人已經是瘖枝落葉，黃酸搭命，全款是規暝規日，死死昏昏，倒佇眠床頂。

彼段時間，勿講是普通時陣定定咧出入ê厝邊隔壁，連一寡平常時仔毋捌來行踏，甚至連過年過節都罕得看著人ê親情朋友，攏出現佇厝裡。每一个講話攏是輕聲細說，每一人表情攏是憂頭結面，我有一種無啥好ê感覺。

有一工半暝，我閣予阿母喘嗽ê聲驚--醒，聽kah心內真艱苦，規个人翻來反去，睏攏袂去。

毋知經過偌久，眠眠ê時陣，hiông-hiông鼻著一陣沉香ê芳味，感覺一个親切ê人影，牽我ê手，行入去神明廳。半暝ê大廳，內面暗bîn-bong，干焦兩葩細蓋葩ê電火，親像兩蕊無神ê目珠，強欲kheh-落--去。顛倒是阿姨ê神主牌仔，清清楚楚tshāi佇我ê面頭前，親像咧看我。

我無任何ê躊躇，趕緊跪-落--去，祈求伊ê保庇，保庇阿母會當緊好-起--來，毋通予阿母遐爾少年就來離開，阿爸猶需要人陪伴，阮兄弟姊妹猶需要人照顧……

後--來，我毋知影是按怎離開大廳ê，透早精神ê時陣，人已經是倒佇眠床頂矣。

隔轉工，阿母就小可會食會啉、會振會動矣。過無偌久，規个人就面色紅 gê-gê、身體勇 khiàn-khiàn，又閣親像一隻牛仝款。此去到今，已經欲八十歲矣，毋捌閣再發作過。

彼暝所發生ê代誌，我仝款囥佇心肝內，無共任何人講起，因爲我絕對相信彼毋是我咧眠夢。毋過我相信，阿母應該嘛知影。

等到我較大漢，人已經懸過紅架桌頂矣。逐擺，我若入去神明廳，攏會專工去共伊燒香點火，攏會專工徛佇伊ê神主牌前，斟酌共看，這个時陣，伊就佇離我ê目珠前近近ê所在。

柴刻ê牌位，墨寫ê烏字，正爿是伊ê生辰八字，倒爿是伊ê忌時月日，中央是伊ê名姓——莊氏秋娘。

細細一塊，短短幾字，就是伊全部ê故事。才十外冬ê青春年歲，當初時，到底是怎樣ê原因佮遭遇，會來離開伊ê人生？又是啥款ê心情佮緣份，閣經過十外冬ê陰陽隔離，會想欲用這種ê方式，倒轉來這个世間？

生佮死ê意義，人佮鬼（抑是神？）ê世界，到底有啥物差別？每一擺，我攏會按呢烏白亂想。

我大學畢業、入伍做兵彼冬ê二九暝，部隊拄好放假；大兄佮兄嫂嘛悉個才滿月ê大漢後生，也是阮阿爸頭一个查甫內孫，倒轉來圍爐。彼暝，逐家心情攏眞歡喜，阮爸囝三人，嘛啉袂少燒酒。

睏到半暝，我去hông吵精神，是紅嬰仔ê哭聲，哀kah誠大聲又閣眞久長。我感覺眞奇怪，大兄個翁仔某二人，那會遐勢睏，睏kah攏毋知起來騙囡仔？

規暝睏無好勢，透早我就起床，落來樓跤ê時陣，阿爸佮阿母已經坐佇客廳咧開講矣。

「昨暝伊倒轉來看我，妝kah媠tang-tang，講kah笑bi-bi。」

「啊是妝按怎？共你講啥物？」

「伊穿一軀*khimoonoo*，抹粉點胭脂，講伊眞歡喜，專工來看孫--ê。」

過誠點鐘久，大兄佮兄嫂嘛同齊落來樓跤。這个時陣，阿爸已經出門去廟裡拜拜矣，阿母叫阮做伙去灶跤食早頓。

「昨暝嬰仔是按怎，哪會哀kah大細聲？」阿母uān-nā煎粿，uān-nā咧問。

「我嘛毋知影，毋知是毋是燒酒啉傷濟，規个目珠皮重khuâinn-khuâinn，規个跤手仔軟kô-kô，明明有聽著囡仔佇咧吼，就是peh袂-起--來。是講，你也無酒醉，那會睏kah毋知人？」大兄一爿應阿母，一爿問阿嫂。

「阿母，你昨暝敢有來阮 ê 房間抱阿弟仔？」阿嫂無應伊，顛倒問阿母。

「那有？我三更半暝，無代無誌，走去恁房裡抱嬰仔欲創啥？」阿母感覺誠奇怪。

「昨暝，我一直感覺有人佇阮 ê 房間內底，毋但徛佇眠床頭咧看阮，閣抱阿弟仔行來行去。阿弟仔哀 kah 大細聲，我想欲起來看，毋過，目珠搋袂開，身軀攏無力。是 -- 講，奇怪？我早仔去巡門閂，門明明有反鎖咧……」基督教徒 ê 阿嫂，愈講家己感覺愈僥疑。

我擛頭佮阿母目珠相向，兩个人應該是攏想著阿爸拄才講 ê 代誌。

十冬前 ê 寒 -- 人，阿爸佮朋友啉酒，啉 kah 酒醉，半暝尿緊，無細膩佇便所去乎 tshū-- 倒、昏去，透暝予救護車送去成大病院急診。經過檢查，醫生講腦震動受傷，頭殼內底出血，著愛趕緊開刀，若無，會有性命 ê 危險。彼時，拄好歇寒，學校無代誌，我負責去病院照顧 -- 伊。

我本底就真歹睏癖，平常時無論換舖抑是出外，就算是大飯店，彼款四序 ê 環境，平坦坦 ê 膨床、軟 sìm-sìm ê 枕頭，嘛毋才調通，何況是病院，這種偓促 ê 所在，撐椅隘 -tsiuh-tsuih？床枋硬 khoh-khok？邊仔閣有病人，是欲按怎落眠？

我反來反去，根本睏攏袂去。無法度，後尾手，食一粒愛睏藥仔，才勉強會當眠 - 一 -- 下。毋知過偌久，我 hiông-

hiông感覺有人坐佇我正手爿 ê病床邊仔，閣親像有聽著阿爸咧講話 ê聲音，我想欲起來共看覓咧，毋過，目珠皮重 hn̍g-hn̍g、規个身軀軟 siô-siô，規个人茫茫渺渺、混化混化……

「阿爸，昨暗你是毋是咧陷眠，哪會聽你一直咧講話？」透早，我咧共阿爸洗面、拭手 ê時陣，問伊昨暝 ê代誌。

「啊我夢著一大堆，攏死去 ê人，恁阿公、阿嬤、叔公、姑婆……有人咧叫我 ê名、有人咧共我 iàt手，我綴個一直行，一直行，行到半中途，tn̄g著恁阿姨，硬共我炁-轉--來……」阿爸 ê目珠大大蕊，講話細細聲，面色白死殺，猶真無元氣。

「阿姨有佮你講啥--無？」真正無毋著，毋是我咧作夢。

「伊勸我，毋通閣再啉酒矣，食老矣，愛會曉寶惜家己 ê身體。」阿爸本底無啥血色 ê面肉，小可反紅。

「伊閣講，以後我著愛家己保重，伊以後袂當閣來照顧我矣！」吐一个大氣，阿爸目珠 kheh-起--來，無閣再講話。

三冬前 ê年底，阿爸閣一擺昏倒佇浴間仔，仝款是半暝予救護車送去成大病院急救，仝款是我去共看護。無仝 ê是，這遍，醫生講伊是腦中風，血管破--去，人又閣濟歲矣，情形無通好，就算勉強開刀，應該嘛無啥機會……

彼暗，我想起七冬前 ê代誌，刁工規暝無睏，愛睏藥仔無食，目珠假影 kheh-kheh，想欲偷聽看阿姨會-來--袂？一暝到天光，完全無動靜，阿姨無影無蹤、阿爸嘛無聲無說。

「恁阿姨咧叫我，我欲倒轉去……去揣伊矣……」三工後，阿爸 hiông-hiông精神起--來，按呢交代了，隨閣昏-過--去。車才到厝裡，伊就過身矣。

現此時，阿爸佮阿姨ê神主牌仔，做伙祀佇故鄉舊厝神明廳ê紅架桌頂。逐冬ê清明、過年，抑是兩人ê生時、忌日，阮攏會倒轉去共個燒香點火、巡巡看看咧。

我毋知影後--來，阿姨是毋是有去是轉世投胎抑是昇天做神？我嘛毋知影落尾，阿爸是毋是有去揣著阿姨佮伊鬥陣？毋過，我相信，個攏會繼續佇這所在保庇阮，就親像早前仝款。

（2014年台南文學獎台語小說正獎）

管區--ê

自三冬前，阿爸過身了後，就賰阿母一个人蹛佇故鄉ê舊厝。有幾仔擺，koo-tsiânn伊來市內佮咱做伙蹛，較有伴。毋過，逐擺攏無超過一禮拜，伊就唸講袂慣勢，欲轉去庄跤較快活。

咱做序-細--ê，當然嘛毋敢傷共勉強。是--講，佳哉，對市內徛家到庄跤舊厝，駛車，差不多一點鐘ê時間爾。所以，見若tn̄g著歇假，我攏會倒轉去看--伊。

幾十冬來，阮查畝營東勢頭這款庄跤所在，完全無任何ê發展，根本看袂出有啥前途。少年人相爭搬-出--去，留一寡老歲仔咧顧厝，個一冬一冬老去，嘛隨个隨个離開。逐擺轉去故鄉，時常攏會聽著，某物人又閣去入院，抑是，某物人已經過身去ê消息。

彼工，我駛車行落高速公路交流道，接台一線，到鄉公所頭前，才斡入去庄內無偌久，遠遠就看著路邊搭一个塑膠布ê棚仔，門跤口排幾仔个仝款是塑膠紙做ê花箍，一陣一陣誦經ê聲傳-過--來。免用頭殼想嘛知影，閣有人過身去矣！

我共油門放--開，車擋hâ--咧，沓沓仔駛-過--去，順紲小可共影-一--下：

「雷府　公義老先生千古……」花箍頂面，粉紅ê紙，寫幾tsuā毛筆字。

佇阮東勢頭這款庄跤所在，勿講是以早彼个保守、pì-sù ê時代，規庄頭會使講攏是在地人；就算是現此時，社會已經開放、交通加誠方便，外地來ê生分人，仝款是無幾隻貓仔。

阮東勢頭通庄，量其約仔百外戶、千統人，差不多有一半攏姓劉，其他姓陳--ê、姓林--ê、姓王--ê，亦算是大姓。不而過，照我所知影ê，姓「雷」--ê，干焦一口灶爾；尤其是姓「雷」、號做「公義」ê老先生，更加無別人，就是伊——管-區--ê。

佇一九五〇年年底，彼个時陣國民黨才走來台灣無偌久，阮查畝營派出所竟然出現一个少年ê外省仔警察。

這个人看--起-來，差不多二十出頭歲彼个跤兜，生做細漢細漢、瘄猴瘄猴，身懸百六公分可能無夠；體重五十公斤應該有找，袂輸一个囡仔豚咧。伊ê面肉烏金烏金、外表樸實樸實，親像咱一般ê庄跤囡仔仝款。若毋是伊身軀穿ê彼軀制服，實在是看袂出來伊是一个管-區--ê；若無聽伊開喙講話，你嘛想袂到伊是一个外省仔。

管-區--ê一來到阮這个所在，規个庄頭連鞭傳透透，閒仔話即時一大堆。

「幹！這籠損面桶仔，誠實攏無人矣，派這款猴囡仔來咱遮咧做警察？看伊這落扮勢，敢有才調通去掠賊仔？」

「就是講毋，你看人彼日本仔大人，隨个仔穿插pì-tah，行踏mê-kak，派頭加偌好咧！」

「進前有--無？咱國校仔予個佔去做兵營，彼群外省兵仔，穿插袂輸咱代天院狀元府收留ê乞食，食物件若親像館仔內放出來ê監囚仝款。連阿罔婆飼來欲予伊新婦做月內ê雞母，佮學校裡彼幾隻流浪狗，攏予個偷掠去孝孤了了。」

「是講，外省兵仔這款樣相，那有才調去拍贏日本人？」

「這無講你就毋知，日本仔是去予阿tok仔彼二粒原子炸彈拼一下mi-mi-mauh-mauh，擋袂牢才投--降-ê。外省仔是綴佇尻川後來扶肉幼仔爾，那會曉相戰！」

管-區--ê姓雷，名號做公義，名姓聽-起--來，不只仔āng聲，佮伊ê本人無啥四配。庄裡ê人，通常佇伊ê面頭前，攏叫伊「雷--ê」、「雷公」、「管-區--ê」；佇伊ê跤川後，有人摳洗伊「臭警察仔」、「戴帽仔ê」，嘛有人鄙相伊「外省豬仔」、「咬柑仔ê」。

無論佗一種，伊聽著仝款攏面仔笑嘻嘻，一點仔都袂受氣。毋知是因爲根本聽無你咧講啥？抑是修養好，無想欲佮你計較。

管-區--ê聽講是中國安徽人，自細漢，老爸就過身去矣，賭老母種一寡穡，共個三个兄妹仔飼大漢。

彼時陣，拄好tn̄g著國民黨佮共產黨咧內戰，生活眞歹過。做大囝ê伊，毋甘予老母佮小弟小妹逐工咧枵腹肚，想講綴人去做兵，看會當加減趁一寡所費，予厝裡度三頓未？想袂到，一出門就無閣再倒轉去矣。

彼个時陣，一大堆離離落落ê外省仔軍隊，攏做一伙走來到台灣，四界亂操操。國民政府重頭整編部隊，規定有ê

額外、低階ê軍人，會當轉任做基層ê警察。

管-區--ê，一--來，無讀過啥物冊，嘛無任何人事背景，家己知影佇部隊根本無才調出脫；二--來，伊對做兵彼款團體pì-sù ê生活，一直攏過袂慣勢。所以，伊就去申請轉任，才派來阮查畝營派出所做警察。

派出所攏總才一个所長、兩个警員佮一个工友爾爾。唯一彼間日本時代留--落-來ê宿舍，早就去予所長規家伙仔佔去矣。另外一个管-區--ê，已經悉某生囝，蹛佇家己ê厝裡。賰伊一箍羅漢跤仔，無某無猴、無傢無伙。一開始，暫時先守佇值班室內底，後--來，才搬去外口稅厝。

派出所工友水旺仔，是金利姆仔後頭厝ê姑表親情。伊知影，金利姆仔厝裡有一間伸手仔空lo-lo、無咧蹛。透過伊ê關係，紹介管-區--ê來共稅厝。

厝頭家金利姆仔，五十外歲ê做穡人，大家官早就無佇咧矣，翁婿金利仔幾冬前嘛因為破病、過身去矣。佳哉，金利仔手尾有放一寡田園佮厝地落--來，閣留一落正身帶護龍、三間雙伸手ê磚仔厝予--伊，生活猶算袂歹過。

金利姆仔攏總才生一个大漢查某囝春美仔佮一个細漢後生春雄仔。春雄仔進前予日本人調去南洋做兵，一直無轉--來；春美仔因為自細漢致著小兒麻痺，行路跛puėh跤，規年透冬守佇厝內，罕得出門。金利姆仔四界央無媒人來做親情，三十出歲矣，猶未嫁--出-去。

金利姆仔欲共厝稅予管-區--ê這項代誌，傳--出-去了後，佇庄裡引起袂少ê風波，尤其是厝邊隔壁，閣較無法度諒解。

「按呢青 pōng 白 pōng，就共厝稅予彼生分人，又閣是外省仔，是熊是虎攏毋知，時到食虧你就害！」清水伯仔是金利姆仔 ê 老厝邊，又閣是伊 ê 翁婿金利仔 ê 叔伯兄哥，算 - 起 -- 來是伊 ê 序大。

自金利仔過身以後，伊對個母仔囝一直攏眞關心、誠照顧，聽講金利姆仔欲共厝稅予管 - 區 --ê，伊頭一个表示反對。

「我看伊生做古意古意矣，水旺仔嘛講這个管 - 區 --ê 做人袂穤，應該是袂有啥物問題才著啦！」金利姆仔知影清水伯仔人土直、歹性地，輕聲細說、斟酌細膩共伊 pué 會。

「古意？面頂敢有寫？我看 khài 嘛眞古意！人 ê 心肝藏佇腹肚內，好穤你敢看會著？」清水伯仔聽袂落去，想講這个查某人眞正毋知代。

「恁厝裡才你佮阿美兩个查某人爾，阿美 ê 跤又閣無方便，稅予伊一个查甫人，按呢敢好？」月英嫂仔平平是查某人，較關心這个問題。

「若是一般 ê 查甫人，咱當然是會袂放心，毋過，伊本身咧做警察 ê，那會烏白來？佮咱蹛做伙，顚倒較安全毋是？」金利姆仔普通時仔是一个誠溫馴、好參詳 ê 人，這擺毋知是按怎，退邇仔固執。

「你查某人毋知代、青瞑牛毋驚銃，進前日本人走了後，換個外省仔才來無偌久，四界搶 -- 人、劫 -- 人、掠 -- 人、刣 -- 人，攏嘛是彼戴帽仔佮穿制服 ê……」清水伯仔愈講愈受氣，話講到一半，hiông-hiông 感覺無對同，喙緊合 - 起 -- 來，斡頭倒 - 轉 -- 去。

毋知啥原因，這个管-區--ê特別有金利姆仔ê緣？進前，嘛捌有別ê外地人欲來共稅厝，伊攏無允--伊。這擺，毋管遐濟人共反對，伊猶是誠堅持。

話踅倒-轉--來，閣較按怎講，厝嘛是伊ê，欲稅予啥人，別人喙裡會當講講咧爾，嘛是袂當傷共勉強。

就按呢，幾工後，管-區--ê 一箍人，揹一 khā強欲比伊閣較重ê大*khabang*，簡簡單單，搬入去金利姆仔厝ê伸手仔，成做伊ê厝跤。

派出所無咧煮食，管-區--ê進前攏佇菜市仔清清采采解決爾。金利姆仔本底都攏家己煮三頓，想講厝裡干焦伊佮查某囝春美兩人爾，無差加一雙箸。所以伊就佮管-區--ê參詳，予管-區--ê加貼一寡飯頓錢，以後就佮個做伙食。

這个管區ê嘛誠捌代誌，逐擺食飯飽，攏會主動欲去洗碗箸。

「那有查甫人咧洗碗箸ê？按呢袂使得！」金利姆仔個翁金利仔在生ê時，雖然骨力、勤儉，在來三頓食飽，碗箸囥咧就做伊走矣，透世人嘛毋捌看伊去洗過一雙箸、一塊碗。這馬，看管-區--ê欲洗碗箸，感覺袂慣勢嘛真歹勢。

「這無啥物啦！uá以早佇厝裡，就定定咧煮三頓、洗碗箸矣。」管-區--ê三二个手就洗kah清氣溜溜。

阮查畝營是一个小所在，派出所干焦个警察爾爾。所長是主管，大部分ê時間，留佇辦公室咧處理公文。其他兩个管-區--ê，照輪流，一人佇所裡值班，另外一人去外口巡邏。

管-區--ê咧巡邏ê時陣，看伊騎彼台日本時代留-落--來，富士霸王舊型ê武車，尻川坐佇椅tsū仔頂頭歪來歪去、雙跤倒爿正爿thuh--咧thuh--咧，強欲踏袂著跤踏仔，親像囡仔人咧騎大人車，心適心適。

不而過，咱這个管-區--ê有影誠認眞，確實有伊做警察ê才調。

普通時仔，伊跤踏車騎咧，四界luā-luā趖，行-到--遐、坐-到--遐。無論是大廟埕抑是店仔口、不管是路邊擔仔抑是榕仔樹跤，見若是有咱鄉親序大咧練話仙ê所在，伊就過去佮人相借問。一起頭，逐家看伊是外省仔閣是警察仔，咱ê話聽無理路來，又閣講袂啥輾轉，攏無啥愛tshap伊。毋過，時間一下久，眾人liâu-liâu仔感覺，這个外省仔管-區--ê，袂激屎、好鬥陣。

才來幾个月爾，咱庄裡無論是大街小巷，抑是庄內庄外，攏予伊lǹg透透。連彼落三角堀仔、水流東仔、蓮苞埤仔、豬肚內、牛屎埔……這款iap-thiap ê所在，伊嘛一清二楚。

閣較本事ê是，袂到一冬ê時間，咱庄裡逐口灶，毋管大人、囡仔、查甫、查某，伊攏捌kah過頭。猶有上介厲害ê是，才二冬外，伊本底講無三句就離離落落ê台語，變kah誠liú-liàh。除了彼个聲母「g」發袂出來，「鵝仔」會講做「蚵仔」；彼个韻母「m」袂曉收尾，「相tsim」走對去「相tsing」；猶有變調閣掠無tsáng，「西瓜」變做「死瓜」、「拜神」成做「敗腎」等等以外，其它ê，袂輸咱在地人。

進前，金利姆仔共厝稅予管-區--ê彼項代誌，才引起袂少ê風波爾，想袂到兩冬後，就發生閣較大條ê是非：金利姆仔決定，欲共查某囝春美仔，嫁予管-區--ê。

「幹！厝稅人蹛就準拄好去矣，這馬含囝也欲予人睏才甘願？是阮姓劉ê頂世人欠伊性雷ê會仔錢，抑是去踏破個祖公ê金斗甕仔？無--這个滿足仔，敢講頭殼去予歹去矣？」清水伯仔聽著這个消息，規个人氣kah phut-phut跳。

「啊你嘛較細聲咧，遐大嚨喉空，逐家攏厝邊隔壁，去予聽著袂歹勢？是講，這个阿滿仔普通時仔都精光精光，那會做這款糊裡糊塗ê代誌？敢會是去食著彼箍管-區--ê喙涎？抑是去予伊下著符仔？我看，我來共問問乎清楚較規氣！」清水姆仔查某人個性較頂眞，即時去揣金利姆仔探看覓。

「阮阿美已經三十出矣，又閣瘸跤破相，準講欲做--人，敢有人欲愛？以後我若無佇咧，伊無爸無母、無兄無弟，你欲叫伊倚靠啥人？管-區--ê 一个人佇台灣爾，阿美嫁予伊，就親像伊來予阮招仝款，我袂輸加一个後生咧，有啥物毋好？」金利姆仔知影佇彼个時代，一般查某囡仔是袂去嫁予彼外省仔。按呢做，定著會去hông講尻川後話，不而過，伊心內有伊ê拍算佇咧。

「是講…彼管區ê是外省…仔呢！聽阮老ê講，外省仔誠歹空，以後毋知會去糟蹋咱阿美袂？你就愛考慮予好勢呢！」清水姆仔猶是袂放心，一直共金利姆仔苦勸。

「外省仔嘛是人，人攏有好有歹。這二冬來，我有斟酌咧共看，相信目珠袂去予走閃去。管-區--ê雖然講人扮無偌將才，毋過嘛生做六跤長鬚，無缺無角，又閣有固定ê頭路，咱是欲kâng嫌啥物？」佮頂擺稅厝ê情形仝款，金利姆仔猶是堅持伊ê看法，眾人仝款是無伊ê ta-uâ。

就按呢，管-區--ê又閣一擺，輕輕鬆鬆，搬入去阿美仔ê房間內，成做咱查畝營人ê囝婿。

「雷--ê，你當初時那會無欲去都市，走來阮這款草地所在做警察？」捌有人好奇，按呢問過管-區--ê。

「Uá嘛是庄跤人，這个所在佮uá ê故鄉誠相仝，而且生活單純，較無歹人。」管-區--ê嘛誠老實回答。

伊講ê嘛是有影。進前，經過日本政府軍國主義五十冬嚴格ê管理，紲落，換做國民政府白色恐怖威權ê統治，掠ê掠、關ê關、刣ê刣，大多數ê人攏嘛驚kah乖--乖。尤其是阮這款草地所在，逐家想法、生活加誠單純，實在是揣無有啥物治安上ê大問題。

一般若毋是大家新婦冤家量債、厝邊頭尾相罵這款是非；無就是有人偷挽菜、偷摳蔥；偷掠雞、偷牽牛這款糾紛爾爾；有時久久仔，若有一寡迌迌囡仔提棍仔相拍抑是攑刀仔相刣，已經是天大地大ê代誌矣；啥物搶劫、綁票、開銃、放火，這款大案件，透世人嘛毋捌去tn̄g過。若欲論眞講--來，干焦有一項較普遍、較嚴重爾，就是跋筊。

管-區--ê處理案件，有伊ê原則。

若是有人發現厝裡著賊偷，伊一聽著，即時隨出現。當然，彼个時陣，賊仔早就無看人影矣。

換做庄內細隻竹雞仔咧相拍，抑是大尾鱸鰻咧相刣，逐擺，足拄仔好ê，伊若毋是半路跤踏車去予落鍊，就是臨時腹肚疼走去漏屎。橫直，等伊趕到位，歹人早就走ê走、逃ê逃矣。你規年透冬，毋捌看過伊掠著一隻胡蠅、蠓仔。

「雷--ê，你警察做遐久，那會攏無看你掠過半个歹人？」庄裡ê人，逐擺攏刁工按呢共消遣。

「Uá無咧戇kò͘h，衝頭前ê死代先，宓尾後ê較平安。」有一擺，管-區--ê燒酒啉過頭，才講出這个秘密。

原來，管-區--ê做兵ê時陣，tn̄g著一个佮伊同鄉ê老兵，看伊少歲，對伊特別照顧，私底下教伊一寡phiat步。

「幹！莫怪人咧講，中國兵仔干焦會走路、袂相戰，看khài眞正有影。」管-區--ê毋敢掠賊偷、惹烏道ê代誌，成做庄內一个公開ê笑話。

佮掠賊比起來，管-區--ê對掠筊較有興趣。

跋筊，佇阮庄跤所在，通常會當分做幾種：

有一種，是因爲透風落雨，無法度去田裡做穡；抑是粟仔才糶了，手頭較量剩。這个時陣，厝邊隔壁招招咧，啉淡薄仔幌頭仔、配幾粒仔土豆，啖糝兼話仙，度一晡仔閒工；抑是街頭巷尾叫叫咧，抾一个紅點仔、奕二盤仔棋子，輸贏有限，主要是做一寡仔議量爾爾。

這款ê，若是去予管-區--ê tn̄g著，伊攏誠勢做人，面仔笑笑，當做無看著。咱嘛眞內行，有予伊面子，筊本趕緊收收起來，紅點仔繼續抾，棋子照常奕，假影咧sńg趣味ê爾。有時陣，伊閣會做落來佮逐家開講、phò-tāu，順紲啉一甌仔茶、食一支仔薰才走。

「這个管-區--ê雖然是外省仔，毋過看-起--來，人袂穤ê款。無親像較早彼箍阿本仔巡查，歹tshìng-tshìng、惡giâ-giâ，小可代誌嘛欲揣麻煩，有時閣共人掠去關kah生虱母，那有通予你遮好食睏，簡單就放你煞。」庄內一寡有經驗人，攏按呢呵咾--伊。

另外一種，筊跤大部分攏是一寡想講小錢嫌袂赴、大錢較緊富；抑是食好做輕可，閒閒無代誌ê人。

包括佇菜市仔賣豬肉ê王添福；佇大廟邊開藥房ê張昆助；一直佇厝裡食祖公仔屎、劉仔舍ê細漢後生劉文貴；本底佇縣政府做科長、歪哥去hông辭頭路ê陳明發；猶有農會理事長ê細姨仔麗美仔；半路店仔萬里紅酒家ê頭家娘春嬌仔……等人。

這款ê，輸贏有較大，方式嘛無仝款，主要是捙墨賊仔佮抛十八仔。因爲這是明顯違法ê，所以眾人攏較細膩，場所嘛加誠秘密，若毋是佇村長、代表ê厝裡；就是佇荒郊野外ê工寮、豬稠；甚至墓仔埔、甘蔗園攏有可能。

是講，無論你偌勢囥，這箍管-區--ê就親像好鼻師仝款，就算無人去偷報，伊猶是有才調揣到深山林內去，連死人骨頭嘛共你挖-出--來。

「通通給我起來，面向牆壁站好！」彼擺，眾人囥佇豬肚內海水仔ê工寮，跋kah當熱場，無疑誤彼箍管-區--ê，毋知tang時，親像moh壁鬼咧，無張無持趖入來工寮，大聲喝咻，毋知是因爲傷過緊張，抑是過頭歡喜，台語hiông-hiông去予袂記咧。

「這遍予恁一个機會，後攏若閣予uá掠著，就攏總移送法辦！」管-區--ê等眾人徛好勢，行到桌仔邊，一手將*khetsibang*收-起--來，园入去正爿ê橐袋仔；一手共筊本提-起--來，seh入去倒爿ê橐袋仔。話講煞，人就做伊出--去矣。

「幹！今仔日賣幾隻豬仔趁ê，攏予這隻上大隻ê咬咬去孝孤矣。」

「伊娘較好咧，恁爸進前輸幾仔擺，伊攏毋來，這遍才phênn寡轉來爾，伊就知影通來？」

「幹！這箍毋成臭警察仔、癩寫死外省仔，喙斗遐爾好，逐項都欲食，連這也吞-落-去。」

「我有聽人講過，跋筊佇法律內底定罪ê原則是按呢，掠著ê筊本愈大，罪就判愈重；筊本愈少，罪就判愈輕。有時陣，無的確，干焦會罰錢爾，袂共你掠去關。伊私底下食去，無報予頂頭，咱顛倒攏無代誌。」

「若照你按呢講，咱毋就愛共講一聲勞力，說一句多謝？」

「唉！準拄好去啦，錢了人無代，就算伊無共錢园入去家己ê褲袋仔，交去頂頭，仝款去予彼幾箍閣較大隻ê食食去啦！結果毋是相仝？敢講你想欲hông掠入去館仔內，食免錢飯，較快活？」

「做官ê，濟少爾，佗一个袂歪哥、無食錢？像咱這款散鄉嘛無啥物外路仔通好thio，小可錢爾，較好去hiông關咧。」

「食、做伊去食；跋、做咱來跋。」眾人ê人意見雖然無仝款，毋過這方面看法是相仝ê。就按呢，管-區--ê照常咧掠伊ê筊；這群人嘛照常咧跋個ê筊，幾仔冬過去矣，互相攏平安無代誌。

猶有一種，是正港咧論輸贏、拼生死，專門有人做莊、抽頭，大場面ê職業筊間。這若毋是有烏道ê兄弟咧扞場，就是有代佮表議員做靠山，甚至猶有官員、警察插花仔。

當然，這款級數ê筊間，上無愛像新營彼種ê都市才有，阮查畝營這種散ê草地所在，是無可能出現，就算有，我看管-區--ê嘛無彼粒膽去侵門踏戶，烏卒仔行過河。

除了公事以外，管-區--ê猶有一个較特別ê所在，伊對咱地方風俗、廟會活動，誠有興趣，非常熱心。

無論是上班抑是放假ê時間，見若看著有人厝裡咧辦喜事、喪事，抑是廟裡咧迎神、鬧熱，伊攏會主動上門鬥相共，看是排桌椅、搬物件，攏無問題。

一開始，主家嘛感覺會歹勢。時間一下久，逐家嘛慢慢仔慣勢矣。tn̄g著食飯時間，主家閣會順紲留伊落來予個請，管-區--ê嘛無細膩、袂推辭，逐擺都食kah飽tu-tu，啉kah醉茫茫。當然，紅包、白包抑是添油香錢，伊攏自動省起來矣。

一九七七年彼冬ê 七月二十五日早起九點十分，中度風颱「賽洛瑪」對高雄登陸，橫掃規个南台灣，造成對第二擺世界大戰以來，南台灣上大ê破壞

阮查畝營嘛去搧著風颱尾，勿講是全部ê粟仔園攏予水淹淹去，連規个庄頭都tū到一樓懸，平跤厝仔拄好賭看會著厝尾頂爾，鄉民ê損失，有夠食力。

因爲按呢，阮鄉裡上大間、上靈聖ê代天院，決定欲舉辦「三朝王醮」大典，透過做醮活動，祈求神明保庇咱社會國泰民安、風調雨順；百姓五穀豐收、六畜興旺。

「做醮」毋是遐爾簡單ê代誌，佮普通廟裡ê賞兵、拜拜、神明生無仝款，這是咱台灣民間信仰內底，規格上介懸、儀式上複雜ê祀典。

一般做醮，閣會當分做清醮、福醮、水醮、火醮、中元醮、平安醮、王船醮、羅天大醮……等等。其中，除了古早封建時代，皇帝親身主祭ê羅天大醮以外，就是王船醮（瘟王醮）ê醮期上久長、規模上龐大。

「做醮」嘛毋是咱人家己講欲做就準算。起頭，先愛予廟裡ê委員會開會通過了後，才閣由主任委員跋桮向王爺公秉報、允准；紲落，咱王爺公親身去到天庭，面奏玉皇上帝，請示、領旨，才閣回駕掠童、宣告醮期。

這段時間內，咱廟方逐工透早八點開門開始，就愛搭法壇、辦香案，舉行「觀童」ê儀式。由咱王爺公爐下眾弟子，輪流排班、拍鑼摃鼓，一直到暗時八點關廟門爲止，中央袂當歇睏。

「觀童」ê期間偌久無一定，嘛無人知影，干焦神明會當決定。照以往ê經驗，緊--ê一、兩禮拜；慢--ê兩、三个月，攏有可能。橫直，愛等到神明降駕、童乩起童，指示做醮有關ê日子、時辰、人事、工課……了後，「觀童」ê儀式才算結束。最後，眾人遵照童乩ê安排分配，去備辦做醮相關ê代誌。

這擺ê「觀童」，進行了無啥順事，已經超過兩个月矣，咱王爺公猶是無任何ê指示。

聽庄裡ê老人咧會，是因爲進前ê風颱損害傷過嚴重，各庄頭眾神明攏相爭趕去天庭面見天公祖。咱王爺公雖然神威廣大，去到彼个所在，嘛是愛照排隊，所以才會延遲到今，無消無息。

彼工禮拜日，一般公家機關佮私人工廠攏固定歇睏，干焦咱代天院無放假。透早八點一到，廟公準時開門，信徒同齊會合，眾人堅持到底。即時，佇廟門口起法壇、開香案，燒香放炮、拍鑼摃鼓，繼續展開一工十二點鐘，無停無歇ê「觀童」儀式。

九點出頭，管-區--ê嘛來到廟埕。伊本底是負責十點到十二點ê摃鼓班。毋過，早頓食飯飽，閒閒無代誌，聽著鑼鼓聲，心肝頭撓撓，佇厝裡坐袂牢，提早來鬥鬧熱。

這時現場，輪著天賜仔咧摃鼓、明財仔咧拍鑼，添丁伯仔坐佇藤椅，目珠sa-bui sa-bui、愛睏愛睏。這袂當怪--伊，眾人內底，伊是上thiám頭ê。其他ê信徒，會當輪班歇睏，干焦伊袂使閃身，逐工透早到暗攏愛來報到，相連紲十二點鐘攏袂當離開。因爲伊是咱王爺公駕前資深、頭牌 ê 童乩，隨時攏愛佇現場，聽候降駕起童。

管-區--ê 蹺跤坐佇椅條，點一支薰，等咧換班。無張無持，目珠吊白仁、頭殼玲瓏幌。

紲-落--去，看伊 hiông-hiông 喝一聲，衫褪起來、鞋踢 thó-ka̍k，衝到法壇下跤、香案頭前，腰圍太極乾坤八卦裙、跤踏三進三退龍虎步；正爿手提降妖斬魔七星劍、倒爿手擛調兵遣將五營旗；身軀 phi̍h-phi̍h 惙、喙裡 se̍h-se̍h 唸……

「王爺公降駕！王爺公降駕！童乩起童矣！童乩起童矣！」

在場 ê 人猶咧戇神戇神、hut 袂清楚 ê 時，添丁伯仔 hiông-hiông 對藤椅趒-起-來大力喝聲。所有 ê 信眾，仝彼个時間，做伙跪-落--去。

講-起--來，眞正有夠拄仔好，的確是咱王爺公顯靈聖。

當眾人攏雙跤跪挺挺、目珠金爍爍，面向管-區--ê 彼時陣，兩台烏頭仔頭前尾後，駛入來廟埕，車內行落來五、六个穿 *sebiioh* 結 *ne-khú-tái* ê 人。

原來，是咱吳寶發縣長，帶領主任秘書、民政局長、警察局長、縣議員佮鄉長一群人，專工欲來代天院燒香拜拜，祈求王爺公會當順利請旨降駕，予咱這擺 ê「王醮」會當完滿舉辦，百姓會當合家平安。

眾人一落車，聽著廟內敲鐘擂鼓 ê 聲音，看著廟埕跪 kah 規个滇滇 ê 民眾，心肝頭驚一下，想講這个代天院 ê 主委，那會這款ê厚禮數？咱查咱畝營ê鄉親，那會遐爾仔熱情？用這款大場面咧迎接個。

「趕緊跪落接駕！趕緊跪落接駕！」吳寶發縣長回神轉來，先聽著廟公一直大聲咧喝咻，閣看著面頭前威風凜凜ê童乩，猶有四籬輾轉攑香跪拜ê信徒，雙跤一下軟，嘛趕緊綴人跪-落--去……

古早人講：「悉某大姊，坐金交椅」。

這句話，對照咱管-區--ê ê官運，看起來無啥準。自伊來阮查畝營派出所開始，到伊後來年老退休，這幾十冬來，伊拄好升一級，唯籬二ê蹈到籬三ê。

這段時間，派出所濟濟ê警察，親像人客仝款，來來去去。有ê小可搵一下仔豆油，三、五个月就調走矣；有人浸kah久咧，極加兩、三冬仔嘛升官去別位。干焦伊，一直無聲無說袂振袂動。

一九八七年解嚴了後，阿國仔總算良心發現，正式宣布「開放大陸探親」，予個爸仔囝用反攻大陸ê名義，關禁將近四十冬ê老兵，總算等到，食老ê時，會赴倒轉去故鄉。

彼冬年底，管-區--ê-年歲嘛到矣，申請退休了後，透過紅十字會ê協助，大包細包、歡歡喜喜，倒轉去揣伊離開幾十冬，無見面ê故鄉佮親人……

「雷--ê！啊你毋是講欲去一个月，那會遐緊就轉來矣？」本底按算，欲倒轉去故鄉一个月ê管-區--ê，猶無到十工咧，又閣出現佇阮東勢頭代天院ê廟埕。眾人看著伊，攏感覺誠奇怪，開喙共相借問。

「唉！無啦，無啦，啊都倒轉去了後，才知佇彼爿，咱已經無厝無宅、無親無情矣。佇遐親像生份人咧，ua嘛毋知欲創啥？看破量早緊轉來較有影。」管-區--ê雖然面仔笑笑，毋過，看會出來心情小可ngāi-gio̍h ngāi-gio̍h。

原來，咱管-區--ê等到彼一工，天未光就出門，先坐飛行機閣換自動車，紲落大台車閣換細台車，一路盤山過嶺，眞無簡單，總算倒轉去到伊ê故鄉。

伊兜是佇比阮查畝營東勢頭量倍iap-thiap ê山內斗底，規个庄頭才十外口灶爾。一下到位，四界揣揣無伊ê厝，嘛看無家己ê親人。

問來問去，問著一个老厝邊，才知影伊ê老母早就無佇咧矣，小弟嘛已經過身去矣，唯一ê小妹嫁出去外地，足久攏無轉來後頭厝，即時嘛無人知影伊佇佗位。

管--區-ê欲哭無目屎，後來總算揣著老母佮小弟ê墓頭，燒金拜拜咧，共提轉去ê物件，分予厝邊頭尾，隔轉工就離開矣。

來到市內歇睏二日，本底想欲四界行行看看咧，無疑誤一寡錢，煞去予剪鈕仔剪剪去。

想袂到，伊佇台灣做一世人警察，毋捌掠過賊，才轉去大陸無幾工，顚倒去予賊食去。管-區--ê愈想愈鬱卒，看破提早倒轉來台灣。此去，伊就無閣再過去中國矣。

一禮拜後，我閣倒轉去東勢頭，管-區--ê喪事已經發落好勢矣。聽講伊在生ê時陣就有交代，等伊過身，火化了後，愛共骨頭甕仔伉佇阮查畝營鄉公所起ê納骨塔裡，伊欲繼續佮鄉親序大做厝邊隔壁，永遠蹛佇這塊土地。

（2015年教育部母語文學獎台語小說第一名）

命

「阿母拄才khà電話來欲揣你呢！」暗頭仔下班，才入門，牽手看著我，趕緊按呢講。

「啊有講是啥物代誌無？」奇怪，平常時阿母眞罕得khà電話來，敢講有啥物要緊ê代誌？

「無咧，伊干焦吩咐講，等你若到厝，才khà轉去予--伊。」牽手頭tàm-tàm，無閒咧款暗頓。

自三冬前阿爸過身了後，就賰阿母家己一人蹛佇庄跤ê舊厝，有幾仔擺咱koo-tsiânn伊來市內佮咱做伙蹛，較有伴。毋過，逐擺攏來無幾工，伊就喝無聊，袂慣勢規工放跍厝裡底，親像關佇鳥籠仔內咧，無厝邊頭尾通話仙，吵欲倒轉去……

咱做人序細ê，嘛毋敢傷勉強，是講放伊一个八十歲ê老大人，家己一人佇厝裡，按怎講嘛袂放心。所以，除了假日盡量轉去陪伊以外，逐暝我攏會佇固定ê時間，也就是民視八點檔連續劇做suah了後，khà電話予伊，佮伊講寡話，順紲確定伊平安無代誌。話講了，伊就準備欲去睏矣。

「是講，昨暗才佮伊講過話niâ，那會今仔下晡隨khà--來，敢會是臨時發生啥代誌？」我袂赴去便所，趕緊電話提咧khà--轉-去。

「啊都恁三姑昨暝佇浴間仔無細膩去跋跋倒，予救護車送去奇美，醫生講伊腰脊骨tsih去，著愛入院、開刀。你這禮拜若有欲轉來，才順紲載我來共看-一--下。」聽阿母講，才知影伊趕緊咧揣我ê原因。

三姑今年九十矣，自阿爸過身了後，個彼沿ê就賰伊這个親情序大。在來，伊佮阮這頭感情就真好，莫怪阿母會煩惱。

三姑是阮阿嬤相連紲生ê六个查某囝內底排第三ê。阮六个阿姑內底，除去一个去予毋好去，晟無大漢以外，有四个若毋是嫁佇佮阮仝庄頭，就是蹛佇阮ê隔壁庄，袂輸厝邊頭尾咧，去個兜就親像去阮厝ê灶跤仝款，無啥物希罕，干焦三姑嫁上遠。

其實講遠嘛無偌遠啦，平平攏是阮查畝營而二聯庄其中一个庄頭--跤腿仔。不而過，阮兜東勢頭是佇查畝營ê較西爿面，跤腿仔倚較東爿面，二个庄頭相差十外公里，若是這時陣駛車，差不多十分鐘就到矣；毋過彼當時行路，就愛三點鐘久tah-tah。

「跤腿仔」這个有淡薄仔奇怪ê地名，根據專家學者ê研究，是對平埔族西拉雅語原意「Nounog」翻譯過來ê，意思是：「雙溪合流ê所在」。也就是講，這个所在，有白水溪佮龜重溪二條溪水佇遮會合了後，才閣做伙流入去急水溪，親像咱人拍開ê雙跤仝款，所以號做「跤腿仔」。

跤腿仔閣分做大跤腿佮小跤腿兩个庄頭，大跤腿屬佇大農里，小跤腿分做篤農里佮重溪里。趣味ê是，大跤腿土地較細、人口較少；小跤腿土地較大、人口較濟。所以，定定有外地ê鄉親朋友消遣講：「恁查畝營人生做眞奇怪呢，那會大跤腿比小跤腿較細支，小跤腿顚倒比大跤腿較大支？」

阮三姑就是嫁去佇彼个比大跤腿較大支ê小跤腿。

自我有記持以來，每一冬差不多攏會有一、兩擺，阿嬤會去小跤腿三姑個兜迫迌、過暝。當然，嘛會順紲悉阮兄弟姊妹，猶有蹛佇仝庄ê表兄姐做伙去。佇彼个時陣時，對阮來講，這是一項誠重要ê大代誌。

我家東勢頭算是佇查畝營ê市區，交通比較利便，公路、鐵路攏有經過，無論上北去新營抑是落南倒台南，坐客運、火車攏無問題。毋過，小跤腿是佇較東邊，倚近山區ê所在，干焦一條彎彎曲曲ê牛車路。人少，勉強猶會當騎腳踏車抑是坐*o-to-bai*，若是一个老人悉一群囡仔，加加咧十外人，唯一、上好ê方法就是行路矣。

猶會記得是國校仔五年ê彼冬歇熱結束進前ê農曆七月，阮閣一擺綴阿嬤去三姑個兜。

阿嬤猶是彼身仝款ê打扮，頭戴瓜笠、跤踏*thabih*、身穿鳥鼠色ê台灣衫、手揹花仔布ê舊包袱。阮逐个隨人提家己ê物件，早頓食了，正式出發；中晝進前，拄好到位。

「親像老雞母悉雞仔囝咧迫迌咧。」見擺，阿爸看阮欲出門，攏笑笑仔按呢講。

就按呢，一隻老雞母悉一群雞仔囝對厝裡出門，款款仔行佇庄跤ê路裡。

對代天府門跤口，經過簸仔店、粟仔埕，來到鐵枝路前，這段路猶算佇庄內，路況較好，是較闊較直ê石頭路，二爿大多數是徛家佮幾間仔店面。經過鐵枝路，就算是庄外矣，路成做細條閣又彎曲ê塗砂路，徛家嘛換做稻仔田佮菜園仔。到刣豬灶、三角堀仔、應公廟仔附近，就已經是荒郊野地矣，四箍籬仔，除了草寮仔看無人家厝，規路邊攏是糖廠ê甘蔗園佮野生ê茅仔埔。路ê尾溜，有看著另外一个庄頭，彼就是小跤腿矣。

佮以前仝款，蹛一暝，隔工中晝食飽、歇睏了後，阮隨人共家己ê物件款好勢，欲佮阿嬤倒轉去東勢頭。三姑嘛佮以前仝款，除了傳一大堆家己種ê松茸、木耳、果子，予阮做「等路」之外，閣專工剉一鍋仙草冰予阮止喙焦。我傷過饞食，恬恬一个食三碗公。

離開三姑兜來到半路，我感覺腹肚開始ui-ui仔疼，愈行愈無力，愈走愈軟跤。經過入庄前三角窟仔ê應公廟仔邊時，人就眞正擋袂牢矣，腹肚開始絞滾，規身軀拼清汗。無時間共行佇前頭ê阿嬤佃講-一--聲，我趕緊斡入去應公廟仔後壁面ê草埔仔……

驚走傷遠離傷久，阿嬤佃無看著我會擔心，我屎漏suah，那láng褲那趕路。Hiông-hiông，一个佮我差不多大漢ê查甫囡仔，毋知tang時，徛佇我ê面頭前。

「阿…阿明？」我驚一大越，講話變大舌。

阿明是我國民學校ê同窗，伊佮灶雞仔是阮班裡二个逐家公認ê「怪跤」。

佇阮查畝營這款草地所在，同學ê爸母，大部分若毋是做穡ê，就是做工ê，干焦個兩人較特別：灶雞仔ê老爸是對軍隊退伍，佇菜市場仔咧賣麵ê老芋仔；阿明ê老爸是專門佇墓仔埔，咧抾死人骨頭ê「土公仔」。

毋過，個兩人ê個性完全無仝款。灶雞仔生性外向活骨、狡怪，規工看伊若毋是咧哼歌、呼噓仔，就是四界佮咧人冤家、相拍，差不多規个學校老師、學生攏知影伊ê大名；阿明拄好倒反，古意、閉思，不時一个人恬恬坐佇家己ê椅仔位，透日罕得聽伊過半句話，凡勢連班裡ê同學，伊都熟似無濟。奇怪ê是，這兩个人，竟然同時是我上好ê朋友。

阿明ê老爸，本名叫做莊萬金，這是我對阿明ê資料簿仔偷看著ê。因為伊ê工課是專門用金斗甕仔咧貯死人骨頭ê土公仔，所以庄裡ê人攏慣勢叫伊「金斗仔」。

金斗仔自細漢爸母就無佇咧矣，予伊阿嬤晟養大漢。阿嬤過身了後，庄裡天成師看伊一个人無親無情、無依無倚，好心收伊起來做徒弟。

天成師是一个道行高深ê烏頭仔司公。

俗語講：「紅頭度生，烏頭度死」，伊是專門替死者辦喪事、做功德ê司公，佮專門佇廟會裡做醮、施法抑是替活人驅邪、押煞ê紅頭仔道士無仝。聽說，伊ê本頂毋但按呢，只要是佮喪事有關雜雜滴滴ê，伊攏眞熟手、誠內行。也就是講對一个人斷氣了後，無論是拼廳、掠轎、做譴爽；抑是接壽、入木、牽亡魂，一直到出山、落壙、安神位；甚至以後欲破土、開壙、抾骨、裝金、進塔……凡事揣伊就無問題矣。

有一工，天成師專工炁金斗仔來揣永福仙。

永福仙佇代天院大廟邊ê巷仔口開一間算命館，專門替人算命、號名，解厄、改運。伊ê年歲佮天成師差不多，兩人是熟似誠久ê老朋友矣。有閒ê時陣，天成師定定會來揣永福仙泡茶、phò-tāu。

「無論我按怎千算萬改，終其尾，攏嘛逃袂過你ê掌中心」永福仙不時用這句話咧消遣個兩人。

「永福兄，勿講笑矣，今仔日有正經ê代誌欲拜託你。這个囡仔，勞煩你斟酌共看-一--下」天成師牽金斗仔到永福仙ê面頭前。

「這是彼个囡仔伊老爸，留落來ê八字，勞煩你閣kā批看覓。」天成師叫金斗仔家己去廟埕迌迌，才閣提一張褪色ê紅紙，交給永福仙。

「老兄弟！你嘛是內行人，敢講會看無，愛我拆分明？」永福仙看suah，目頭結結，先suh一喙薰，閣吐一口氣。

「做你講，無要緊，家己人，參考！參考！」天成師聽了，先吐一口氣，才suh一喙薰，面無表情。

「這个囡仔，論伊ê面相骨格，山根凹，主六親分離之途；下頦尖，合晚年孤苦之數；頷頸長，是骨肉無情ê相，喙唇薄，屬祖產無緣ê命。看伊ê生時日月，先天八字秤重二兩四，照天罡先師ê神數命理算來：『此命推來福祿無，門庭困苦總難榮，六親骨肉皆無靠，流落他鄉做散人』……」

「敢有法度化解？」

「人一落塗八字命，生死富貴天注定。不而過，命數難違，運途可改，這愛看伊以後ê造化。」

天成師本身無囝無兒，進前，先收過一个大徒弟富貴仔。伊共有關處理喪事ê功夫傳予富貴仔，另外，將抾骨ê技術教予金斗仔。一人分一途，毋免以後同行相忌、同門相爭。

後--來，富貴仔事業愈做愈大，歸氣搬去市內開一間葬儀社，做頭家、趁大錢、蹛豪華ê別莊、駛進口ê轎車、悉大某閣飼細姨、選代表閣做議員。金斗仔一直留佇庄內，守伊彼間破塗角厝，騎伊彼台破跤踏車，繼續做伊ê土公仔兼羅漢跤。

金斗仔做ê是孤行獨市ê穡頭，無人有本領佮伊搶生理；嘛無人有才調佮伊拼地盤。伊跤手猛掠，做人骨力。只要主家日子看好，時辰一到，伊傢俬款咧就出門。死人錢沒咧出價嘛袂當欠數，照理說，這幾冬來，加減應該有賭寡錢才對。毋過，看伊自頭到尾蹛ê攏佇彼間天成師留落來ê舊厝；規年透冬穿ê攏是彼幾領古老瀕古ê舊衫褲。無聽過，伊有咧買厝地抑是hak田園？嘛無看過，伊有佮啥物查某人咧交往，抑是央任何媒人婆去提親。

原來，伊興啉酒又閣愛跋筊。

無工課路ê時，若毋是去揞幾罐仔幌頭仔就是去損一場仔墨賊仔，不而過，伊酒癖袂穤、筊品嘛誠好。酒若啉茫，就腹肚挲咧，倒轉去睏；錢若輸了，嘛鼻仔摸咧，邊仔去坐，袂痟亂袂起花。

「人生海海矣，世事譀譀啦！」見若有人問伊，那會無欲買地起厝，抑是炁某生囝，伊逐擺攏嘛按呢應。

「彼箍劉仔舍有無？伊ê後事，對開魂路到做悲懺；對上山頭到放落壙，自頭到尾，攏阮師仔親身發落ê。伊活咧ê時趁kah油sé-sé，酷kah鹹tok-tok，死後敢有提走一銑五厘？攏嘛好空著別人。伊ê棺柴蓋才khàm-落，某仔囝就開始咧輸贏矣，等到對年過，猶咧行法院。」

劉仔舍，阮庄裡大大細細通人知，除了放落來ê祖公仔屎，田園、厝地幾仔十甲以外，猶有米絞、當店幾仔間，大某細姨、後生查囝十外个，會使講是早前規个查畝營上好額ê人，不時予伊提來咧鄙相。

「彼隻楊仔頭恁敢知，進前伊ê後生、新婦相連紲破病、車禍，地理師仔講是伊彼門風水無平安，愛徙厝。對開棺到抾金、對入甕到進塔，前前後後，攏我一手包辦ê。伊在生ê時食kah一箍肥tsut-tsut，時到嘛是爛kah規个賭一堆骨！看你偌hiau-pai，看你偌威風，毋是攏仝款，落尾嘛是隨在遐个蟲豸咧吮鳥鼠咧咬。」

楊仔頭，阮庄裡查甫查某通人捌。有頭有面，有錢有勢。做過鄉長、議員；開過茭間、酒家；伊行路會地動、喝水會堅凍，會使講是阮所有東勢頭上大尾ê，定定予伊提來咧摳洗。

也因爲這款想法，金斗仔三不五時，會做一寡予人感覺譀古、離經ê代誌，咱佇遮講一項就好：

有一冬寒--人ê半暝，佇查畝營國小佮墓仔埔中央ê縱貫公路，發生嚴重ê車禍。聽說司機啉酒了後駛車，超速拼著路邊檨仔樹，規台車拼kah離離落落，規个人嘛擠kah mî-mî màu-màu，拖出來ê時，早就死giān-giān矣。

派出所值班ê管-區--ê，三更半暝勼佇被空內底當好睏，予報案ê民眾吵精神，去到現場巡巡看看咧。

彼陣毋比這時，庄跤所在救護車無遐利便。換伊去共蹛佇附近ê金斗仔挖-起--來，吩咐伊先留咧車禍現場顧暝，毋通屍體去予野狗拖走抑是鳥鼠偷咬，等到隔工天光才來處理。

代誌交代好勢，管-區--ê哈一个唏，又閣suan轉去厝裡，繼續勼伊ê被空矣。

金斗仔目珠sa-bui sa-bui，傢俬款款咧，佮管-區--ê來到現場，先共屍體囥乎好勢，閣用草蓆仔khàm予四序；紲落先點三枝清香，落尾閣燒一tsih銀紙。

代誌簡單發落了後，金斗仔坐佇現場守屍，有時食薰、有時tuh-ku，愈坐感覺愈寒，閣鼻著身軀邊彼具屍體發出來ê燒酒味，才想起來拄才予彼箍管-區--ê青青狂狂叫出門，眠床頭彼矸才啉一半ê米酒頭仔袂記咧出來。本底想欲走轉去提，閣驚萬不一出意外歹交代。無法度，輕輕仔講一聲：「兄弟仔，歹勢啦，傷過寒，擋袂牢，借kah咧。」紲落，草蓆仔掀--開，規个人鑽入去……

天才拍殕仔光，稻草伯仔就騎伊彼台老骨董ê跤踏車欲去巡田水。經過車禍現場，看著檨仔樹跤一台拼kah規个變形ê自動車，邊仔一領草蓆仔khàm兩身現出兩粒頭殼ê屍體。

「夭壽喔！有夠可憐，一擺死雙个，阿彌陀佛！阿彌陀佛！」稻草伯仔車停落來uān-nā看，uān-nā唸。

「我咧駛恁娘哩！啥物一擺死雙个？恁爸小可瞇-一--下爾，你目珠去予牛屎糊著？」金斗仔hiông-hiông規个人對塗跤趒起來，大聲啐幹譙。

「阿娘喂！救人喔！無我ê代誌，毋通揣我！毋通揣我！」稻草伯仔無張持去予金斗仔驚一下哀爸叫母，沿路走沿路叫，無細膩，連人帶車摔落去路邊ê水圳底。好佳哉！這時陣，管-區--ê拄好來到現場，若無，凡勢眞正會「一擺死雙个」。

就按呢，金斗仔，照常有閒就去啉酒、跋筊，樂暢過日，一直到阿明出現。

阿明ê身世比金斗仔閣較可憐，毋知爸母是啥人。聽講是金斗仔有一工啉酒了後，欲轉去厝裡，佇路邊ê土地公廟口，看著予人放生ê紅嬰仔，抾來育飼ê。

金斗仔嘛眞巴結，自從收養阿明了後，此去，無閣再啉酒、跋筊，家己一籠人，認眞共阿明晟養大漢。

國小三年ê歇熱，阿明頭一擺招我去佪兜迌迌

「我飼足濟蟋蟀仔，咱會當來相咬。」佇彼个七十年代ê庄跤所在，除了看史艷文ê布袋戲以外，掠蟋蟀仔相咬是阮彼款年歲ê囡仔，少數流行ê娛樂之一，阿明自細漢佇荒郊野外大漢，掠蟋蟀仔，是伊上熟手ê本領。

阿明佪兜蹛佇查畝營國小佮查畝營公墓中央ê一片草埔

仔內底，會使講是庄內佮郊外合界ê所在。對縱貫公路邊土地公廟仔斡過去，沿大水溝邊，二爿攏芒仔草，塗跤鋪塗炭屎ê細條路仔行入去，差不多十分鐘就到了。

個兜是一間厝頂khàm烏瓦、牆仔糊白灰，單正身無伸手，舊破舊破ê塗角厝。厝身前後雙爿攏是野草、麻黃，四箍輾轉干焦個一口灶，看無別ê徛家。

對厝ê正手爿行去，經過一塊棺材枋ê橋，就是墓仔埔，四界聽會著蟋蟀仔ê叫聲；倒手爿看去，一堵紅磚仔圍起來ê牆仔壁，彼頭就是國小ê運動埕，不時聽會著學生囡仔ê喝聲。厝前厝後，不時有鳥仔咧叫、蝶仔咧飛、草蜢仔咧跳、四跤蛇咧趖，毋過，就是無看人影。我去過個兜幾仔擺，透早到暗，除了我佮阿明以外，毋捌看過任何一个人影。

上特別ê是伊厝ê門口埕佮後尾門，囥差不多大大細細，十幾个水缸佮塗甕，內底飼一堆大隻、細隻，公ê、母ê，濟濟ê蟋蟀仔……

有一擺，我佮阿明當咧弄蟋蟀仔相咬ê時，有一个生做烏烏瘖瘖、細漢細漢ê大人，雙手捾兩kha布袋，對外口行-入-來，一直行到簾簷跤才停落來，這个人就是阿明ê老爸——金斗仔。

伊先共布袋囥咧，起頭，提一塊塑膠布鋪佇塗跤，紲落，共布袋內底ê物件全部倒-出--來。我看一下驚一趒，原來規堆大大細細、奇奇怪怪ê骨頭……

「你敢看哦？袂驚呢？」金斗仔看我踞佇伊ê對面，目珠搋大蕊，感覺眞好玄ê款，笑笑仔咧問我。

「……」我幌頭無共應。老實說，這是我這世人頭一擺看著規堆ê死人骨頭，那會袂驚？應該是，一時緊張，毋知通驚。

「通常撿骨，攏是主家先揣地理師仔，共日子揀予定、時辰看予好，才倩我去現場破壙、開棺、抾骨、入甕，一擺就款予好勢矣。毋過，有ê因爲年久月深、無人相認，tn̄g著公所欲整理墓地、起納骨塔，穡頭較濟，無法度，才會提轉來厝裡做。」金斗仔說明了後，無閣加講話，繼續做伊ê工課。

伊先用棕筅仔共骨頭筅予清氣，閣用舊面布拭予焦鬆；了後，將頭殼牙槽頂面ê喙齒一支支挽-落--來；閣來，用一塊白布仔共頭殼包-起--來；紲落，用朱砂筆照順序畫出目珠、鼻仔、喙、耳。另外，共手pô、跤pô e幼骨仔一塊一塊分--開，囥入去四个細細仔ê紅袋仔裡；手骨、跤骨佮髖仔骨才用紅絲仔線縛予好；上落尾，用一枝大箍ê粗香共龍骨貫-過--去。

金斗仔停睏落來，吐一个氣，拭一寡汗，行入去厝內，提一个金斗甕仔出來，按照跤手、身軀、頭殼ê順序，勻勻仔共拄才處理好勢ê骨頭，一項一項囥入去甕仔內，閣囥一寡火炭，提kuà蓋起來，用紅布封牢咧。

「你是旺仔ê後生？等一下倒-轉--去，毋通予恁厝裡ê大人知影呢，無會予人罵喔。」金斗仔徛-起--來，伸一下腰，點一支薰，開喙吩咐我。

這時，我嘛想欲徛-起--來，hiông-hiông規身軀無力，

tǹg-lap坐佇塗跤，原來，我兩隻跤早就痲去矣！

轉去到厝，我暗頓食飽，身軀洗好，佮阿兄去公厝埕踅夜市。

遠遠看著大埕西爿面上邊仔一个擔仔位，四箍輾轉圍一大堆人，毋知咧創啥。我好玄行-過--去，竟然看著我家己倒佇塗跤，一群人圍咧看我，有老人有囡仔，有查甫有查某。眾人看著我，全部攏變做一具一具ê死人骨頭，向我倚-過--來。我哀一聲，精神起來，規身軀拼清汗，原來是咧陷眠。

彼工，是我上尾一擺佮阿明去個兜，嘛是我最後一擺看著金斗仔，過無偌久，就出代誌矣。

猶會記咧彼工佇學校上藏鏡人教ê「唱遊課」。

叫伊藏鏡人，毋是因為伊ê做人偌神秘，嘛毋是伊ê功夫真厲害，是伊ê名姓較特別，叫做張敬仁。張敬仁靠勢伊是校長ê親情，上課ê時不時對學生歹閣惡，所以私底下，逐家攏叫伊ê外號「藏鏡人」。

「去年我…回來，你們……」藏鏡人一面彈風琴，一面叫阮綴咧唱。

「吱…」hiông-hiông，教室上後壁倚窗仔門ê所在，傳出一个尖利ê叫聲，逐家攏斡頭過去看，阿明ê面紅紅、頭tàm-tàm。

「今年我…來看你們……」藏鏡人面仔臭臭，停一下仔，繼續彈琴，繼續叫阮綴咧唱。

「吱…」仝款ê所在，閣叫一聲，這擺比進前閣較大聲。

這時，規班ê同學攏笑-出--來，笑kap東倒西歪。阿明嘛面愈紅，頭愈tàm矣。

「提-出--來！」藏鏡人殺氣騰騰，對教室上頭前衝到教室上後壁，對阿明大聲喝咻。

阿明乖乖共鉛筆篋仔提出來拍開，藏鏡人伸手kā內底彼隻蟋蟀仔掠起來，大力擲落塗跤，閣用皮鞋tsàm一下爛糊糊。紲落，出手對阿明ê面搧-過--去，阿明ê喙輔紅紅五條指頭仔號，兩逝目屎恬恬仔流-落--來……

「共我徛予好！」藏鏡人威風凜凜，斡頭倒轉去坐佇椅仔頂，準備欲閣繼續彈琴。

「啊…」這時，原本予藏鏡人驚kah全班恬tsiuh-tsiuh ê同學，又閣慘叫一聲。毋過，這擺毋是蟋蟀仔，是坐佇阿明邊仔ê陳淑惠。

眾人斡頭一下看，阿明已經昏倒佇塗跤，臉色白死殺，鼻血kòng-kòng流。

三工後，阿明才閣轉來上課，毋過，鼻血雖然無咧流矣，臉肉猶是無啥血色。規工無話無句，無元無氣，毋是坐佇椅仔像戇神，就是仆踮桌頂咧歇睏。過無幾工，伊又閣開始流鼻血矣……

以後，阿明不時請假，無來讀冊，一直到學期結束，學校歇熱。老師講伊人無快活，去市內予醫生看。

有一日，我佮灶雞仔去阿明個兜想欲揣伊。啥知，規間厝強欲予茅仔草掩無去，門仔窗仔攏關牢牢，看-起--來，應該是眞久沒人蹛矣……

升khái四年仔，阿明猶是無看人，問老師才知影，伊已經休學，毋知搬對佗位去。

過無偌久，一工半暝，有人聽著佇學校ê便所裡傳出慘叫ê聲，原來是藏鏡人去予人規身khàm布袋，雙跤損斷去……

「阿明！你那會走來遮？」查甫囡仔喙開開、面笑笑、牙槽頂頭缺二支喙齒，眞正是阿明無毋著。

「啊…我都搬來蹛佇遮啊！阿成，咱足久無做伙sńg矣，來阮兜敢好？我閣飼足濟蟋蟀仔喔！」阿明看起來足期待ê款。

「好啊！好啊！我嘛足想你ê。」遐邇久無見面，我當然是眞歡喜。

綴阿明行無偌久，斡入去一條閣愈細條ê路，幾分鐘後，面頭前出現一間厝，阿明說遮就是個兜。

佮進前ê舊厝略仔相仝，四箍輾轉猶是草埔佮樹林，厝尾頂khàm ê是鐵phiánn、牆仔壁換做是柴箍，看起來閣較無ân-tan。厝前厝後，仝款囥一个一个大大細細ê水缸佮塗甕。行入去厝內，感覺有淡薄仔暗鬖lâ-sâm，鼻會著一陣一陣ê臭殕味。

阿明𤆬我來到門口埕，掀開一个甕仔蓋，掠幾隻蟋蟀仔囥佇塑膠罐仔裡，提予我看，有規隻烏金發光ê「烏龍仔」，有全身紅gê赤脂ê「赤羌仔」，逐隻攏頭圓尾尖、牙利翅硬，雙tsn̄g深hông、六跤長鬚，內行ê一下看就知影，這攏是厲害ê角色。

「這是我去埔仔掠來ê，逐隻攏一度讚ê！」阿明看起來眞得意ê款。

其實，有咬過蟋蟀仔人攏知影，對墓仔埔掠來ê蟋蟀仔上gâu咬。聽講，有ê專門靠咬蟋蟀拼田園ê筊跤，攏會專工去彼種所在走揣。毋過，像阮這種級數ê囡仔，干焦敢去收成了後ê稻草堆抑是番薯園碰運氣。

我佮阿明搬兩塊磚仔，园佇門口埕排做一條溝仔，他ê紅軍佮我ê烏將，嗆來嗆去，咬規晡久，猶是五分五分、無啥輸贏。

毋知過偌久，等我攑頭起來，西爿面彼粒日頭，已經欲落海矣。

我驚一趒，趕緊共阿明講天暗矣，我欲趕緊轉--去。阿明看-起--來小可毋甘，愛我後擺閣來揣伊。紲落，共彼隻烏將园入去一个有猴山仔標頭ê番仔火篋仔裡，講欲送我。

我對阿明ê厝離開，按照進前行過來ê路斡頭倒轉去，照理說幾分鐘後，應該就會出來到原本tn̄g著阿明ê彼條牛車路才對，按怎我行來行去、踅來踅去規晡久，就是揣無路？天愈來愈暗，四箍碾轉攏是甘蔗園，葉仔予風搧kah咻咻叫。

Hiông-hiông，我身軀起一陣ka-lún-sún，感覺規个烏天暗地，我哀一聲，就按呢死死昏昏去矣……

「啊……」我喝一聲，精神過來，發覺人竟然倒佇厝裡ê眠床頂。

「回魂矣！回魂矣！好咧佳哉！好咧佳哉！阿彌陀佛！阿彌陀佛！」阿嬤看我精神，喙裡一直唸，雙手一直拜。

「我那會倒佇遮？」我感覺奇怪，拄才明明佇路裡……

「我那會倒佇遮？我才欲問你咧！」阿母聽著我咧喝聲，趕緊對灶跤傱-過--來，看我平安無代誌，歡喜又閣毋甘。

「去tn̄g著以早ê同學阿明，伊招我去伊兜，咬蟋蟀仔啊！」我猶會記咧進前ê代誌。

「阿明？你是講彼个金斗仔ê後生阿明？」阿母ê口氣怪怪。

「Hènn啊！佮我仝班ê彼个阿明啊。」我印象內底，干焦熟似一个阿明爾，敢閣有別个阿明？

原來，我走去漏屎無偌久，大姊發覺我綴無著陣，趕緊共阿嬤講，眾人翻頭沿路揣、沿路咻，四界看無我ê人影、聽無我ê喝聲。落尾，表兄佇應公廟仔內ê桌仔跤，揣著四跤拔直直，身軀軟kô-kô ê我。

阿嬤看我規个人袂振袂動，袂講袂應，干焦兩蕊目珠金金相，毋知咧看啥？天已經齊暗矣，當咧毋知欲按怎ê時，拄好庄裡金水叔仔駛牛車經過，順路共阮所有ê人載-轉--去。

來到鐵支路頭前，遠遠看著一葩火緊緊唯對面tshiō過來，原來是阿爸佇厝裡等到天暗，猶看無阮眾人ê影跡，袂放心，趕緊騎車出來欲揣人。

「看起來無啥物要緊，可能是天氣傷熱去予著痧，閣食歹腹肚引起漏屎，身體較虛。先吊一支大筒ê看覓，我才閣開幾包藥仔提轉去予食，歇睏一暝，應該就會恢復無問題矣。」幾十冬看病經驗ê老醫生，詳細檢查了後，老神在在，按呢共阿爸交代。

隔轉工天光，我ê情況猶是無改善，仝款是有體無魂、有氣無脈，規个人lín戇lín戇，失神失神。

阿公等袂赴矣，代天院ê廟門一下開，趕緊去共王爺公燒香、跋杯，奇怪ê是，無論怎麼問，就是跋無杯。

「清水兄，今仔日那會遐工夫，透早就來燒香、跋杯？」添丁伯仔是阿公ê老朋友，進前是王爺公專用ê童乩，食老退休了後，就留佇廟裡做廟公，繼續服伺王爺公，看阿公一透早就來廟裡，趕緊過來相借問。

「三角堀仔彼个所在上歹空，勿講是普通人，像阮這款有修過ê，平常時仔都盡量無愛去遐出入，何況閣是七月時仔？定著是去予歹物仔煞著矣。俗語講：『惡鬼驚兇神』別ê我毋敢講，咱王爺公是武將出身，這款代誌請伊出面，做你放心，絕對妥當！」聽阿公ê說明了後，添丁伯仔用伊專業ê口氣鐵口直斷，而且熱心表示，伊欲親身出馬，直接請示王爺公，按呢才有法度。

添丁伯仔眞正無漏氣，有影是王爺公駕前上頭腳、上資深ê童乩出身，傢俬傳好勢，即時就起童。

看伊頂身褪腹裼，胸前圍一領太極八卦兜；雙跤褪赤跤，腰頭結一條乾坤龍虎裙；正手伸懸懸，擛一支降妖斬魔七星劍；倒手伸平平，提一支調兵遣將五營旗；身軀sih-sih震，喙裡seh-seh唸……

伊講ê是神話，咱一般凡人當然是聽無，勿講是以早ê社會無發達，就算現代ê科技遐進步，猶是無人有才調來解破。毋過，咱ê祖先頭殼確實有夠讚，早就想出好辦法，也就是揣一个助理來翻譯，這个人毋是別人，就是桌頭——添財叔仔，童乩添丁伯仔ê雙生仔小弟。

「信徒林清水聽著：你這ê查甫孫林志成，囡仔人、亂使來，竟然遐好大膽，敢去侵門踏戶，去犯著三角崛仔彼群兄弟ê地頭。算伊好運，自細漢就予本府做契囝，身軀有掛本府ê貫擯，個看佇本府ê面子，小可共教示一下，就放伊煞矣，若無，那有通遮爾好食睏！等咧乞一寡爐丹轉去配滾水予伊啉，安搭一晡，眞緊就順事無代誌矣。」王爺公威風凜凜，透過添丁伯仔，出聲共阿公指示。

仝這个時陣，阿嬤嘛是袂放心，趕去八老爺庄，央請番仔姑婆來厝裡共我收驚。番仔姑婆是一个尪姨，人生做眞奇怪：面肉烏頭毛白、身軀長雙跤短、查甫聲查某體，規工檳榔哺無歇，喙齒染甲烏sô-sô。我有時陣感覺誠懷疑，敢會伊猶未去共人收驚，人就先去予驚著矣？

不而過，伊收驚ê功夫眞正是有夠厲害，你對阮查畝營十二聯庄仔流傳ê 一句話，就知影伊ê本事：「無予番婆收過驚，厝內囡仔眞歹晟。」意思就是講，恁厝裡ê囡仔，假使愛哭、毋睏、歹喙斗、厚病疼，若是有叫伊收過驚，保證好食睏、勢大漢；若是無去予收驚過，定著厚齣頭、歹育飼。

番仔姑婆入門來到眠床邊，先共我看看摸摸咧了後，問阿嬤代誌大概發生ê經過，即時叫阿嬤提一領我穿過ê外衫，共一个裝滇白米ê茶甌仔包起來。紲落，點香、請神；落尾，正手擽三枝香，倒手提白米甌，跤踏三七步，喙唸收驚咒：

「香煙通法界，
拜請收魂祖師下金階，拜請神兵天將降雲來，
本師展神通，
收到東西南北方，收到中央土神公，
毋收別人魂，毋討別人魄，
收你弟子三魂回，收你弟子七魄歸，
收到三魂七魄齊轉來，收到身軀清氣無代誌，
魂歸身，身自在，魄歸人，人精采
食飽飯，睏飽眠，百病攏消除，順手好離離，
急急如律令！急急如律令！」

番仔姑婆uān-nā行uān-nā唸，手裡香枝佮米甌佇我面頭前、身軀頂比來比去，hiông-hiông大力喝一聲，念咒結束，收香謝神。最後，先共香枝囥咧桌頂，才共包白米ê外衫細膩掀--開，斟酌觀看甌仔內底ê白米一搭久：

「猴囡仔，毋知代，七月時仔烏白走，去予魔神仔牽去矣。好佳哉！伊出世先天八字重、後天本命旺，保伊順事度難關；囡仔人頭頂三把火、胸前一點靈，護伊平安離災厄。

老東西，免煩惱，我畫兩張符仔，你提去燒燒咧浸冷水，共伊ê身軀洗洗乎清氣，小等一下，連鞭就平安好離離矣。」番仔姑婆that一粒檳榔入去喙裡，自信滿滿，斟酌共阿嬤吩咐。

就按呢，經過三方面高手ê加持，我總算佇中晝ê時陣精神過來。

「阿母，我看咱另工愛款寡牲禮來應公廟仔拜拜一下較好！」阿母佮阿嬤佇客廳講細聲話，我囡仔人耳空利，猶是聽會著。

「是按怎講？啊伊人毋是好好無代誌矣？」阿嬤感覺奇怪。

「你拄才無聽阿成咧講，伊是去予金斗仔彼个後生阿明招去厝裡？」阿母反轉來問阿嬤。

「有啊！有啊！是講去伊厝裡敢有啥要緊？」阿嬤聽無阿母ê意思。

「Suah毋知影！金斗仔彼个後生阿明仔，聽講伊…伊一冬外前就破病…毋好去矣！」阿母愈講愈著急，愈講愈細聲。

Hiông-hiông，我ê褲袋仔吱一聲足大聲，我驚一趒，趕緊jîm出來，原來是進前阿明送我ê彼个有猴山仔標頭ê番仔火篋仔。拍開一看，一隻蟋蟀仔展翅飛-起--來，佇天篷下跤踅幾仔輾了後，歇落來佇窗仔門邊。

「烏將！是阿明送予我ê彼隻烏將。」我跖-起--來，想欲過去掠，伊起跤對窗仔門跳-出--去，一下仔就無看影跡。

這項代誌發生過後，我就無機會親像早前仝款，閣佮逐家做伙行路去跤腿仔三姑佪兜矣。

彼冬年初，身體在來康健ê阿嬤hiông-hiông中風，清明進前，伊就過身去矣。了後，其他ê兄姐，畢業ê畢業、出外ê出外，老雞母無佇咧，雞仔囝嘛隨个仔隨个分開、四散……

落尾，我猶是毋死心。有一擺，我專工招灶雞仔做伙去應公廟仔附近，四界踅來踅去，毋過，毋管按怎揣，就是揣無阿明進前悉我去ê彼間柴枋仔厝。

阿明，此去嘛毋捌閣再出現過。

（2017年台灣文學獎台語小說金典獎）

選舉ê故事

彼工，天才拍殕仔光，雞猶未啼、狗猶未吠，規庄裡ê人，攏猶閣勼佇被空咧陷眠。

Hiông-hiông，對縱貫公路邊查畝營公墓ê內面，傳出幾仔聲慘叫。彼款叫聲，有影是驚天動地吵死人，共眾人，包括活咧佮死去ê攏吵精神。管區ê聽著消息，趕緊拼過去查探，看一个驚一趒。春福仔人倒土地公廟門跤口，規身軀褪光光、跤手仔綁絚絚，兩支跤腫kah若麵龜，一箍人哀kah�吼，親像豬咧叫……

春福仔毋是別人，是咱查畝營鄉農會這屆新科ê理事。

本底，佮咱東勢頭別口灶ê村民差不多攏仝款，春福仔ê序大人，嘛是家己做幾分仔穡頭兼飼十外隻豬仔鬥相添，勉勉強強度一个仔三頓、平平安安過幾工仔日子，按呢，就滿足矣。

春福仔自細漢就佮伊爸母做伙咧做穡、飼豬，伊ê老爸過身了後，就共所有ê田園、厝地攏放予伊。

毋過，這箍春福仔確實有淡薄仔生理頭殼，伊算算咧：種粟仔，本錢傷懸、價數傷低、一冬二季、產量有限，有時閣愛看天公ê面色。就算予你風調雨順、五穀豐收，糶出去，根本無啥物利純，莫怪一世人袂出頭；飼豬仔，本錢較輕、價數較好，賣予人，利純嘛較厚，按呢毋才會趁大錢。

一起頭，春福仔是共人買幾隻豬胚仔轉來飼爾；紲落來，家己飼豬母生豬仔囝；到尾矣，所有ê田園攏改起做豬稠。

春福仔豬愈飼愈濟，錢嘛愈趁愈濟，伊勢食、愛𨑨、閣興開，人嘛愈來愈大箍、愈來愈豬哥。

「幹！這箍大豬福仔，對豬母空趁來ê，攏開對查某空去矣！」庄裡ê人，有時陣私底下，攏按呢共消遣。

春福仔共豬稠起佇田中央，豬屎尿攏直接排入去水圳內，一開始，因為是園邊，逐家加減罔吞忍；時間一下久，實在擋袂牢。

「那有豬仔袂使放屎尿？無，你欲叫個喙攏縛起來，勿食潘？抑是尻川攏塞咧，勿放屎？」彼工透中白晝，春福仔因為豬屎尿ê問題，又閣去予人投書。收著通知，氣phut-phut，來到鄉公所，欲揣人理論。

「放屎尿當然是會使，毋過，你袂當直接共排入去水溝裡，按呢會造成臭味佮汙染。」公所負責單位ê人，是一个少年ê科員，斟酌共春福仔解釋。

「屎尿那會袂臭？你放ê屎尿敢袂臭？袂當排入去水溝，無你是欲叫我排去佗？」春福仔愈講愈受氣，愈講愈大聲。

「這是政府法律規定ê，因為有人檢舉，所以我就愛處理，毋是我愛揣你ê麻煩，你若無欲改善，我就照規定，共你開單、罰錢。」少年ê慢慢仔失去耐心，口氣嘛沓沓仔無通好。

「罰錢？罰我一籠膦鳥啦！騙痟ê！屎尿袂當排入去水溝空？無，毋就排入去恁娘彼空！」春福仔愈講愈歹聽、愈無站節。

「你較客氣咧哦！你講這款話，我會當去法院告你公然侮辱！」少年ê聽一下風火全熦，性地規个夯起來，邊仔ê同事趕緊共擋咧。

「去就去，恁爸咧驚啥潲？」春福仔惡人無膽，聽著法院兩字，跤就軟一半矣，毋過，喙猶是真硬。

「楊先生，勿按呢啦！有話好好仔講，公共場所大細聲，歹看啦。」後壁面，資深ê課長即時行過來，伸手共春福仔肩胛頭mua咧，uān-nān摸 ，uān-nān講，一直行對門口去。

春福仔規卵葩火，對公所行出來，直接行入去斜對面阿美仔ê海產店，想欲灌兩矸仔*bihluh*，消透一下。一入去，拄好看著清河仔佮金水仔彼兩个王兄柳弟，坐佇內底咧食晝、啉酒。

「福哥！來啦，遮坐啦！是按怎規个面仔紅絳絳，火氣遐爾大？」清河仔看春福仔氣phut-phut行入來，趕緊拽手出聲叫伊過去。

「來啦！先乾一杯仔退火咧。」春福仔坐落了後，金水仔即時斟一杯*bihluh*，提予伊。

「幹！」春福仔杯仔提起來，大喙啉乎焦，吐一个大氣，啐一聲幹譙。

「啊是發生啥物代誌，予你氣kah按呢生？」清河仔喙仔笑笑、目珠bui-bui，若像咧看鬧熱。

「Suah毋知鄉公所彼箍姓林ê屁that仔，因爲豬屎尿ê問題，又閣咧揣恁爸ê麻煩。幹！騙痟ê，食一个仔毋成公家頭路爾，是咧臭沖啥潲！」春福仔氣猶未消，火猶未退，杯仔提咧，閣栽一喙。

「進前毋是有揣人去講過？」金水仔會記得舊年春福仔有央人去揣鄉長講過這項代誌。

「栱？一支長長咧，栱！」春福仔suh一喙薰、吐一口氣。

「即馬做官ê攏眞lan-muā，根本無共咱一般ê老百姓放在眼內，個上驚ê就是代表、議員、抑是立委爾！」

「『家己栽一欉、較贏看別人』我看按呢啦！年底鄉長佮鄉民代表就愛改選矣，前幾工我有聽著一个*nius*，咱庄裡現任ê代表阿勇仔已經做兩屆矣，有想欲換去拼議員。福哥，我看你規氣跳出來thap伊ê缺。」清河仔是阿勇仔ê親情，嘛是大支ê柱仔跤，專門咧食選舉飯ê。

「我出來選代表？你講有影抑無影？我讀無幾本冊、捌無幾个字，啊是欲按怎做代表？」春福仔已經啉kah紅絳絳ê面，變一下閣較紅。

「幹！是siáng講做代表就愛讀冊、捌字？你共算算咧，咱鄉裡彼幾个現任ê代表，是佗一个會讀冊、有捌字ê？錢開落就好矣，驚驚袂著頂，敢就緊做嬤啦！」金水仔佮清河仔，就親像布袋戲內底彼兩箍衰尾道人眞假仙佮千心魔仝款，食飽閒閒，上愛牽龜入甕、弄狗相咬，咒咀予別人死。

春福仔佇海產店啉一晡tah-tah，啉kah醉茫茫，才轉去厝裡。

平常時仔，伊若眠床倒落，一下仔就睏 kah 毋知人矣。今暗，翻來反去，竟然睏袂落眠，心肝頭一直咧想今仔日，清河仔佮金水仔講 ê 話……

春福仔國民學校勉強才讀三冬爾。彼時陣，國民黨才來台灣無偌久，規个學校亂操操，幾个外省仔老師講 ê 話伊閣聽攏無，讀冊實在無啥趣味。閣再因爲彼站仔，伊 ê 老母身體無啥拄好，伊不時愛佇厝裡鬥騙小弟小妹兼飼豬飼鴨，定定袂當去學校。規氣，三年仔讀了後，伊就家己自動提早畢業矣

這幾冬來，春福仔因爲飼豬 ê 關係，三不五時，就愛去公所抑是農會辦一寡代誌。伊捌 ê 字比伊飼 ê 豬較少，偏偏仔政府 ê 公文毋但寫 kah 長 lò-lò 又閣花 kho̍k-kho̍k，眞正是看攏無啥有。伊嘛感覺誠奇怪，伊豬稠內底 ê 豬仔逐隻攏分 kah 清清楚楚，是按怎公文面頂 ê 字那會逐字攏欲仝欲仝？

咱字看無，當然嘛是愛共公所負責辦代誌 ê 人問予清楚，敢毋是？

幹！毋知是看咱一籠人草地倯、無水準，抑是嫌咱規身軀臭汗酸味、臭尿破羶，逐擺見若加問幾句仔，就面懊面臭、歹聲歹嗽，激彼款死人樣，袂輸恁爸去 ián 倒個祖嬤 ê 屎桶仔枋，抑是去踢破個祖公 ê 金斗仔甕。特別是彼幾籠查某 ê，幹！加讀咱一寡冊、加捌人兩个字，是咧嬈俳啥潲？恁爸佇萬里紅開過 ê，逐个嘛比恁遮 ê 查某閣較少年、閣較媠。

農會嘛是仝款彼落死人物。

進前，咱手頭較量剩，不時提錢去寄。櫃台ê小姐，看著咱入門，即時徛起來，袂輸去看著伊ê契兄公咧，歡頭喜面、喙笑目笑，無停咧tàm頭、搖尻川；內底ê總幹事，聽著咱到位，趕緊tsông出來，親像咧迎接財神爺，mua肩攬腰、扶扶挺挺，一直欲請薰、請檳榔。

幾冬前，suah行著衰㴙運，去tn̄g著爛蹄症，毋但豬仔囝死kah無半隻，連大隻豬嘛減一半較加，以前趁ê，攏吐吐出去猶無夠，閣倒了幾仔百萬。

想講，先來共農會轉踅一下。彼箍老查某，看著我來欲借錢，激一个死人面，掠準恁爸是欲去共分錢抑是來討食？彼箍總幹事，聽著我欲來周轉，宓kah無看人，當做恁爸是佗位ê凶神惡煞抑是土匪鱸鰻？

個娘較好咧，共恁爸春福仔當做啥物？若毋是咱ê錢，個那有彼款機會，食這个頭路？若毋是靠關係，您那有這个才調，入來遮討趁？

春福仔規暝攏無睏，愈想愈毋甘願，愈想愈有道理，咱庄裡彼幾个代表，是佗一箍比伊較tsing-tsông？比伊較成物？伊決定欲出來佮個拚一下看覓！

隔轉工透早，春福仔豬仔飼飽，*o-to-bái*騎咧，趕緊去清河仔伊兜。兩人參詳好勢了後，清河仔先khà電話共阿勇仔講一聲，才閣約時間悉春福仔去拜訪阿勇仔。

阿勇仔連任兩屆ê鄉民代表了後，感覺無夠氣，拍算後一步欲來競選縣議員。阿勇仔佮春福仔仝款攏是查畝營東勢頭做穡人家庭出身ê，不而過，春福仔是散赤人，阿勇仔ê老爸是大地主。三七五了後，雖然田園減袂少，毋過厝地猶眞濟，靠這祖公仔屎，伊一世人免討趁，就食kah肥tsut-tsut、過kah油sé-sé矣。

「『選舉無師父，用錢買就有。』這句話雖然是無毋著。毋過，你有錢開嘛愛有人牽；有銃籽嘛愛有目標呢！毋是講錢捎咧烏白掖、銃提咧亂使彈，就有路用呢！過幾工仔，我會紹介我幾个大支柱仔佮你熟似！」

阿勇欲選縣議員，選區ê範圍比以前ê鄉民代表閣較闊，需要ê跤手嘛比以前ê加誠濟。今仔日，有春福這款有肉欲來倚稠，伊當然嘛歡迎，趕緊傳一寡手路、展幾招步數，予春福仔鼻芳一下。

佇阿勇仔ê牽成之下，春福仔總算過關斬將，順利當選查畝營ê鄉民代表。

自伊選牢了後，規个行情攏無仝款，逐擺去到公所，袂輸咱王爺公大駕光臨咧。人才入門爾，斟茶ê斟茶、請薰ê請薰；辦事員毋敢閣共伊激面腔、大細聲，連以前彼幾个無咧相借問ê啥物課長嘛攏來佮你摶感情；秘書閣較免講，一路共咱ê膦脬扶牢牢，請你入去鄉長辦公室哈茶、tshiônn冷氣。

幹，咱以前看歌仔戲，古早按君大人咧出巡，差不多嘛是這款ê威風爾。莫怪逐擺選舉，攏有遐濟人，開錢閣了工、行禮閣tàm頭、拜託閣投予伊一票！春福仔後來想想咧，當初時逐口灶，五百箍銀佮一摜醃腸，開了眞正是有價値。

鼻著芳、才知好空；食著甜，才知滋味。春福仔一任鄉民代表做了後，胃口愈來愈好，心肝嘛愈來愈大。

對伊來講，公所不而過是一个上基層ê小單位爾，干那土虱蝩咧。鄉民代表這个名，論眞講嘛無啥物油臊通好thio；比較起來，隔壁ê農會就加誠大注，親像海翁窟仝款，農會理事彼个位，才是正港有食閣有掠ê好空頭。

是講，欲做農會理事，無遐爾仔簡單呢，毋是有錢就買會行，閣愛有關係來牽成、有派系來相挺！春福仔想想咧，決定閣去揣阿勇仔。

長期以來，查畝營ê政治，差不多攏是劉派佮張派ê天下。

鄉裡兩席ê縣議員，固定一个是劉派，一个是張派，無啥問題。公所佮農會就較麻煩，原則上，鄉長若是劉派當選，理事長就是張派出頭；公所若予張派控制，農會就換劉派掌握。過程雖然競爭激烈，結果總是五分五分，無啥輸贏。

現任ê鄉長是張派ê教主張天德，現任理事長是劉派掌門劉全成。張天德佇進前鄉長選舉，才得著連任爾，照規矩看來，這擺理事長改選，應該嘛是劉全成繼續做才著。

阿勇仔就是劉派ê議員，佮現任理事長劉全成猶有親情關係，透過伊ê推薦，春福仔正式加入劉派，嘛成做這屆農會理事ê候選人。

咱查畝營農會理事總共有十三席ê名額，經過激烈ê選戰，開票ê結果，佮進前預料ê仝款，劉派包括劉全成在內，提著七席；張派六席。照理講，劉全成繼續連任無問題矣。

毋過，這个時陣，有人無欲予劉全成傷好食睏，伊就是阿草仔。

阿草仔自細漢厝裡散赤、爸母早死，國中無畢業，就去台北食頭路、做烏手；落尾，毋知是按怎，煞變做行江湖、做殺手，聽講犯過袂少案，閣hông關過幾仔䆀。毋過，愈掠愈大隻、愈關愈大尾，最後，竟然成做某一角勢出名ê人物。

幾冬前，伊倒轉來故鄉。表面上，伊是一間農產公司ê董事長；私底下，伊是幾仔位筊間、酒家佮珠仔台ê大股東。

本來，伊佮地方派系是無啥關係。後來，伊想做代表會主席，先去揣劉派鬥跤手，劉全成驚伊野心傷大，以後會去予倒咬，無欲共相挺。阿草仔翻頭去佮張天德講條件，佇張派ê支持下，伊毋但順利當選代表會主席，紲落，又閣是張派現任ê縣議員。

阿草仔嘛因爲按呢，成做劉全成ê死對頭，這口氣無敨，伊哪會快活？這个仇無報，伊哪會甘願？以後，佇地方角頭欲按怎徛起？佇兄弟面前欲按怎炁頭？

這幾冬來佇查畝營，阿草仔會使講是喝水會堅凍、放尿會崩山ê人物，伊有權有勢、有錢有人。這擺選舉，伊攏兄弟、開重本，想講，用人硬損嘛欲共劉派損倒、用錢硬翕嘛欲共對手翕死。想袂到，劉仔全成這隻老狐狸，遐爾仔韌命。

票一開了，阿草仔歸个面捋落來，即時吩咐心腹，佇伊彼間豪華氣派ê農舍，召開緊急會議，參詳計策。

「劉仔全成彼爿，除了伊本身以外，麒麟仔是伊ê母舅，清國仔是伊ê妹婿，是伊叔伯ê，是伊結拜ê，攏是伊ê家己人。干焦*Masao*佮春福仔，算做是外人，較好出跤手。」阿草仔ê軍師，共局勢分析了後，做一个最後ê結論。

「按呢，我就先來*Masao*厝裡行一逝！」阿草仔聽煞，thí一下目眉、咬一下喙唇，sáng活sáng死？猶毋知咧！

Masao，查畝營東勢頭人，庄裡老一輩ê差不多攏聽過伊ê大名。

伊少年ê時陣，就出外去走跳，溪北縱貫線沿路各鄉鎮，攏是伊ê地盤、攏有伊ê跤跡，聽講劉全成嘛捌揣伊撨過代誌。

後來，因為殺人案，去hông掠去關。伊一箍人無某無猴、無親無情，佇籠仔內ê時，伊ê老母過身去，後事攏是劉全成一手包辦、替伊發落ê。

出獄了後，伊收跤洗手、退出江湖。劉全成閣出錢替伊佇庄外開一間農藥行兼肥料店，予伊度三頓、過日子。日時仔，猶有一寡老朋友會去店仔頭泡茶、開講，天一暗，門仔戶仔就關關起來矣，無佮人相交插，生活算做是眞單純、低調。這个農會理事，嘛是劉全成特別拜託伊出來相挺ê。

這暗，*Masao*厝裡雖然關門矣，電火猶光光。阿草仔叫伊兩个細漢仔佇門口等，家己一人入去客廳。

「*Masa*大ê，眞歹勢啦！迹爾暗矣，閣來共你攪吵。這是今年ê春仔，你試看覓咧。」阿草仔共一盒仔茶米园佇桌頂，閣提一支薰予 *Masao*，順紲點乎燋。

「人來就好，熟似人行這款生份禮創啥？」*Masao* 趕緊 hiânn 水泡茶。

「是按呢啦，年底農會理事長這局，欲拜託大ê你相挺一下。」阿草仔直接開喙。

「我佮恁大仔 *Yamata* 是仝沿ê兄弟，以早嘛捌鬥陣過。照理講，我這票應該是愛 tn̍g 予你才著。」*Masao* 先 suh 一喙薰，才吐一个氣。

「毋過，我欠劉董仔一个誠大ê人情，你嘛知影。若無伊，我現此時猶毋知佇啥物所在咧 lōng-liú-lian，這份人情，我無還袂使，請你愛諒解。」*Masa*o 閣 suh 一大喙薰，閣再吐一个大氣……

「按呢，我就毋敢共你勉強啦！」阿草仔見過大場面ê人，這種基本ê江湖道義、人情世事，伊當然嘛知影。伊啉一喙茶，無閣加講話，就來離開矣。

「安排一个時間，來揣彼箍福仔！」阿草仔坐入車內，即時吩咐身軀邊細漢ê去準備。

「這間萬里紅，恁爸毋知來幾擺矣，大部分攏是佇一樓ê包廂，有兩、三擺去二樓ê套房，就感覺足 gioh-toh 矣。想袂到猶閣有這个房間，袂輸皇帝殿咧。幹！這箍阿草仔眞正是有夠大尾，才有才調來這款所在。」春福仔一箍人坐佇三樓貴賓室內底。面頭前，排一桌頂芳 kòng-kòng ê酒菜；雙爿邊仔，坐兩个生做婧tang-tang，穿kah薄thi-thi ê查某囡仔；規个塗跤攏鋪紅地毯、四邊牆仔像貼金箔仔、天pông中央一个水晶燈幾十葩電火光sih-sih。伊目珠大蕊金金相、喙仔開開袂記合，看kah毋知人。

查畝營算做是一个誠普通ê農業鄉鎮，除了縱貫路邊、半路店仔彼幾間跤筲間仔以外，無啥物ê娛樂場所。隔壁ê新營市就無仝款矣，毋但是新發展ê商業城市，又閣是縣政府ê所在，比較起來加誠鬧熱。

新營ê查某間主要有兩个所在，一位是佇鐵支路跤ê楊桃宅仔，規條巷路兩爿攏是豆干厝仔佮粉鳥間仔，無看板嘛無店名，內底ê查某，差不多攏三十歲以上矣；另外一位是佇上帝廟後ê蕹菜窟仔，逐間厝攏起kah mê-mê-mê，裝潢kah phet-phet-pheh。

自古以來，新營就流行一句話：「啉楊桃汁消腫，食蕹菜湯退火。」四箍圍仔各庄頭ê內行人攏知滋味，食好鬥相報，春福仔上興ê就是這味。是講，伊算起來嘛是地方ê人士，楊桃汁無合胃口，蕹菜湯較有夠力，尤其是桃花鄉、萬里紅，差不多逐個月攏愛去納寡會仔錢，消戇一下。

「福哥，歹勢！歹勢！予你等遐久。」春福仔想kah當咧戇神ê時，hiông-hiông去予驚一趒，阿草仔邊仔悉兩个查某，後壁綴兩个兄弟，大扮大扮行入來。

「無啦！無啦！我嘛拄好才到爾。」春福仔看著阿草仔行入來，趕緊徛起來。

「免啦！免啦！坐咧，坐咧就好！」阿草仔先過去佮春福仔at手，順紲mua伊ê肩胛頭，做伙坐落。

「來，咱先乾一杯，才閣講。」小姐共燒酒斟好勢，阿草仔杯仔提起來，一喙就啉乎焦。

「是按呢啦！這擺請你來，一方面，是欲恭喜福哥你當選這屆農會ê理事；另外一方面，是想欲拜託福哥你鬥相共啦！」阿草仔面仔笑笑、目尾利利。

「毋敢！毋敢！看蔡董ê有啥貴事，做你吩咐啦。」春福仔趕緊共酒啉落。

「按呢，我就無客氣矣，這屆農會理事長ê選舉，你這票是毋是會當予我一个面子？」阿草仔揲手叫小姐離開了後，無加囉嗦，直接共意思講出來。

「無…無啦！啊我…我這票都早…早就欲予劉…劉董ê矣……」春福仔聽一下講話變大舌。

「我袂失你ê禮啦！這五百換你一票，你看按怎？」阿草仔正手爿後壁ê兄弟，提一張支票，囥佇春福仔ê面頭前。

「毋通啦！毋通啦！蔡董ê，毋通啦！」春福仔看kah血壓一直沖、心臟phih-phok-tsháinn，喙涎強欲滴落去。

「五百無愛？一粒土豆按怎？」阿草仔冷冷仔笑一下，倒手爿後壁ê兄弟，共一粒銃籽，囥佇春福仔ê面頭前。

「勿啦！勿啦！蔡董ê，勿按呢啦！」春福仔凊汗直直流、身軀phih-phih-tshuah，屎尿差一點仔就疶出來……

農曆十一月十六，是咱代天院王爺公ê生日。

每一冬這个時陣，廟裡爲欲恭祝王爺公聖誕千秋，除了舉辦盛大隆重ê典禮，閣會舉行出巡割香ê活動。一方面，到全國各地主要ê宮廟放伴交陪；另外一方面，予咱庄內ê善男信女佇穡頭較閒ê時陣，會當趁這个機會，出去行行看看、輕輕鬆鬆一下。

現任ê農會理事長劉全成，拄好嘛是這屆代天院ê主任委員，就按呢，廟裡佮農會一爿隨人出一半經費，免費招待信徒佮會員，做伙參加這擺三工兩暝ê進香團。

彼工天才光，代天府廟前就鬧熱滾滾矣，五台遊覽車已經準時齊齊排佇大埕，聽候欲去參加這擺出巡旅遊ê善男信女到位。

庄跤人出門，總是較，眾人大包閣細摜，一直拖到八點外，才佇王爺公ê祝福佮炮仔聲ê歡送之下，一台一台、順序出發。

遊覽車頭一站先來到南鯤身代天府，共五府千歲進香了後，車隊繼續上北，往嘉義ê方向駛去。按算中晝進前，來到後一站竹山歇困、食晝；紲落，前往溪頭風景區觀光、過暝。

仝彼个時陣，有一台白色九人座ê廂仔車，嘛恬恬仔綴佇遊覽車後壁，離開南鯤身現場。毋過，來到高速公路交流道時，伊煞hiông-hiông駛對落南ê方向，沿路無停，一直到高雄皇冠大飯店ê停車場。

這台車內底坐ê，毋是別人，正是農會理事長劉全成手下ê軍師明雄仔，猶有其他彼六个劉派ê理事佮另外兩个心腹。

劉全成確實是佇政壇拍翻久年ê老狐狸，伊早就料著，佇理事選了後到理事長選出來這段時間，才是上要緊ê坎站。

按照阿草仔ê作風，無可能按呢就準煞，一定會利用機會，派細漢ê去監視伊這派ê理事，甚至會想盡辦法，出手去買收、恐嚇、押人，達到伊ê目的。

劉全成早就佮明雄仔含幾个心腹參詳研究好勢，利用這擺王爺公生日，廟裡舉辦出巡ê機會，假影叫這六个理事嘛去參加活動，按呢，就袂引起阿草仔彼爿ê懷疑。等到順利離開個監視ê範圍，才偷偷仔溜旋去宓起來，一直到理事長選舉彼工才倒轉來投票。一來，袂予對方有出手押人、搶票ê機會；二來，共家己ê理事帶佇身軀邊，袂予個有走票ê風險。

當然，這段時間所有ê人，無論食ê、啉ê、蹛ê、開ê，全部攏劉全成包辦到底。別項勿講，干焦明雄仔隨身tsah咧ê現金，就有一百萬。

明雄仔事先就共飯店一間貴賓室規个包起來，彼暗，眾人佇包廂裡食飯、啉酒、唱歌，逐个攏食kah飽tu-tu，啉kah爽uainn-uainn，干焦春福仔以外。

春福仔平常時是出名ê好喙斗，庄仔內通人知。毋但勢食、愛啉、又閣興開。是講奇怪，彼暝伊ê人無仝款，食無幾喙菜、啉無幾杯酒，就恬恬坐咧戇神、戇神，看起來各樣、各樣。

「福哥！是按怎？那會食赫少，敢是人無爽快？」明雄仔一看，感覺有問題。

「無…無啦！可能是小可暈車ê款，無啥胃口。」春福仔聽著，趕緊回魂轉來。

「敢愛去予醫生看一下，抑是我叫人去買藥仔？」

「毋免啦！毋免啦！無啥物要緊，歇睏一下就好矣！」

彼暝，眾人食飽、啉茫，明雄仔已經安排好勢矣，每一个理事，攏叫一个小姐陪伴，轉去房間歇睏。過無偌久，其中一个小姐，對春福仔房間出來。

「你過來一下！」明雄仔早就佇大廳咧等待。

第二工，來到台東知本富豪溫泉賓館。明雄仔仝款共一間貴賓室包起來，眾人仝款食kah飽tu-tu、啉kah爽uainn-uainn，春福仔仝款無胃口、無元氣。

「福哥！今仔日感覺按怎？有較好無？」明雄仔仝款閣來特別關心。

「有啦！有啦！已經加好誠濟矣。」春福仔驚明雄仔懷疑，趕緊提一杯燒酒啉落，一來欲證明伊人無代誌，二來欲掩蓋伊心內不安。

「咱來我ê房間一下，我有重要ê代誌，欲佮你參詳。」明雄仔坐倚去春福仔，佇伊ê耳空邊講細聲話。

「這擺欲出門ê時，理事長有話，特別交代我愛共你講一下啦！」兩人來到明雄仔ê房間內，明雄仔坐佇春福仔對面。

「啊…是啥物代誌？」春福仔規个人軟kô-kô，匄佇椅仔頂。

「理事長講這擺伊支持你出來做理事，就是共你當做家己人矣。」明雄仔喙仔笑笑，目珠利利，像刀仝款，鑿向春福仔ê心內。

「我知啦，我嘛足感謝劉董ê牽成。」春福仔頭仔tàm-tàm，無意無意 。

「伊講這擺伊若閣再連任，農會就親像咱兜仝款，伊手裡ê彼粒印仔，就是金庫ê鎖匙。你彼五百，伊會替你處理好勢，你就毋免煩惱矣！」明雄仔看佇目珠內、囥佇心肝頭，共最後ê王牌拍出來。

「有…有影？敢有影？」春福仔本來軟kô-kô ê身軀，hiông-hiông對椅仔趒起來。

彼暝，明雄仔仝款安排每一个小姐陪一个理事，轉去房間歇睏。

過一時仔，櫃台接著三〇三房，也就是春福仔房間通知，欲閣加叫一个小姐，員工即時通知明雄仔這个消息。

等規晡久，兩个ê小姐，做伙對春福仔房間出來，行入去流籠內。

「這箍肥仔，誠有氣力、閣有擋頭，我看是食藥仔ê款！」染紅頭鬃ê先開喙。

「齣頭袂少、步數嘛誠濟，應該是巷仔內ê老豬哥！」穿懸踏仔ê幌頭應。

「恁兩个，過來一下！」行出大門口，明雄仔已經佇遐咧食薰、相等矣。

「幹！恁爸就毋信你魚仔毋食餌，豬仔毋食潘！」明雄仔代誌問煞，先大力suh一喙薰，閣出力共薰投擲遠遠。

明雄仔七少年八少年，會當成做劉全成上信任ê軍師，當然是有伊本事佇咧。彼暗佇高雄，伊一看就感覺春福仔有問題，即時趕緊佮劉全成聯絡，參詳補救ê辦法，真正有影對症落藥，白虎湯一帖就見效。

一禮拜後ê早起九點，是這屆農會理事長選舉ê日子。

有一、二十个剃平頭、穿烏衫ê囡仔，分做五、六組，佇農會附近ê幾个路口趒來趒去，一看就知影，攏是阿草仔ê細漢ê。無偌久，四台警察車、十外个警察仔，嘛趕到現場，共規个農會辦公大樓四箍連轉，團團包圍起來。彼款場面，比進前阿扁仔總統來巡視ê時，閣較轟動。

八點四十分，三台BMW ê烏頭仔來到農會門口正手爿ê停車場，阿草仔悉兩个兄弟佮六个理事一落車，六、七个警察即時行倚過去，雙方講幾句話了後，阿草仔一群人做伙行入去農會二樓ê選舉會場。

會場內面，劉全成佮一寡支持者，已經提早佇遐咧等待矣。

八點五十五分，一台TOYOTA ê旅行車，遠遠對縱貫路北爿面駛過來。

彼群少年仔對規个街頭巷尾同齊圍倚來，所有ê警察仔攏全部衝過去，四爿邊仔看鬧熱ê民眾嘛做伙綴人tsông來

tsông去。

無看著你毋知，現場袂輸電視台咧拍連續劇咧！

車門拍開，眞正是失蹤規禮拜ê明雄仔佮另外六个劉派ê理事。

警察全副武裝、分做兩爿，共眾人隔開，中央留一條路，予明雄仔個幾个人直接行入去會場。

選舉眞緊就結束矣，現任ê理事長劉全成以七票對六票，連任查畝營鄉農會，後屆ê理事長。

春福仔去予人損斷兩支跤骨、擲佇便所ê代誌，才隔轉工爾，就傳kah規个庄內大大細細攏知影矣。眾人講kah有跤有手、有影有跡，袂輸逐家攏親目珠看著仝款。

「幹！這箍大豬福仔，有影是憨面憨面、khòo-siâu khòo-siâu呢！落車頭攏無先探聽一下，喙斗遐爾好，四界濫散來，別人ê物件會使烏白食，阿草仔ê錢伊也敢吞落去，眞正是七月半鴨仔——毋知死活。」

「毋是七月半咧掠來普渡ê鴨仔啦，是十二月尾欲刣去做醮ê豬公啦！」

「古早人咧講：『得失土地公飼無雞』，我看福仔是：『得失草霸王飼無豬』，伊不時皮肉就愛tênn乎絚、腳脬就愛挾乎牢，以後無通閣予伊好食好睏矣！」

春福仔ê事件，有一段時間，成做店仔口佮大廟埕，眾人啉茶配話ê笑詼料，比民視ê彼款拖棚ê歹戲加誠趣味；嘛比豬哥亮仔ê歌廳秀閣較精采。

毋但按呢，代誌發生ê時，含報紙佮電視攏有報導這个消息。東勢頭這款草地所在，自古以來，嘛毋捌有啥代誌去hông刊佇報紙內面，抑是出現電視頂頭，這對東勢頭ê民眾來講，實在是誠大ê新聞，算起來，這嘛愛感謝春福仔ê功勞。

「彼暝誠寒，燒酒啉一下傷過頭，醉kah啥物攏嘛袂記得矣！」

到底啥人做ê？管區ê心內當然嘛有數，不而過，個去問過春福仔幾仔擺，伊無欲講老實話就是無欲講，管-區--ê嘛無伊ê ta-uâ。

是講，好佳哉，無鬧出人命。既然受害者無想欲追究，對方又閣是彼籠上歹剃頭ê鱸鰻議員，猶有，頂頭嘛那像放外外，看起來無要無緊ê款？既然按呢，管區ê規氣就激予散散，以查無實證，順利結案。

春福仔明明已經食到喙ê錢，又閣吐出來無要緊；兩支跤骨去hông損損斷，嘛準扗好去；予庄頭庄尾彼群閒人提來鄙相、摳洗、練話屎，嘛會使當做無聽著；上食力ê是，名聲攏拍歹了了，成做地方ê烏名單，勿講劉全成彼爿袂閣再信任伊，阿草仔ê人嘛無可能按呢就放伊煞。此去，伊免數想欲閣佇庄仔內翻身佮人徛起、比拼矣。這口氣，那吞會落去？

毋過，若想著彼暝，彼兩个歹看面ê屁蹋仔毋成囝，對伊喰ê話，嘛干焦會當牚脬捏咧，譙佇心肝內……

「這擺是予你小可食一寡點心爾，好幹，你若敢講出去，後遍恁爸就共你彼副牲禮規个閹起來，剁剁咧去飼豬！」

（2019年台南文學獎台語小說佳作）

國家圖書館出版品預行編目資料

灶雞仔：台語短篇小說集/陳正雄著. -- 初版. -- 臺
北市：前衛出版社, 2021.03
面；15×21公分

ISBN 978-957-801-924-9(（平裝）

863.57　　109021409

灶雞仔：台語短篇小說集

作　　者　陳正雄
責任編輯　張笠
封面設計　朱疋
美術編輯　宸遠彩藝
出版贊助　國|藝|會 NCAF

出 版 者　前衛出版社
地址：104056台北市中山區農安街153號4樓之3
電話：02-25865708｜傳眞：02-25863758
郵撥帳號：05625551
購書・業務信箱：a4791@ms15.hinet.net
投稿・代理信箱：avanguardbook@gmail.com
官方網站：http://www.avanguard.com.tw
出版總監　林文欽
法律顧問　南國春秋法律事務所
總 經 銷　紅螞蟻圖書有限公司
地址：11494台北市內湖區舊宗路二段121巷19號
電話：02-27953656｜傳眞：02-27954100

出版日期　2021年3月初版一刷

定　　價　新台幣250元

ISBN 978-957-801-924-9